DIE 211

Rufen Sie die MUK!

Mordsgeschichten aus der DDR

DAS NEUE BERLIN

Gesammelt und herausgegeben von Wolfgang Mittmann

ISBN 3-360-01211-9

1. Auflage

Rosa-Luxemburg-Str. 16, 10178 Berlin
Buch- und Reihengestaltung: Matthias Gubig
Gesamtherstellung: Ebner Ulm

Inhaltsverzeichnis

Vorbemerkung des Herausgebers

»Rufen Sie die MUK!« – Unter diesem Titel unterbreiten Verlag und Herausgeber dem Leser eine kleine Anthologie mit Kriminalerzählungen aus der verblichenen DDR. Acht namhafte Autoren werden in diesem Band mit Geschichten um Mord und Totschlag vorgestellt. Es sind freilich keine Texte, die den Anspruch erheben, so etwas wie »Weltliteratur« zu sein; sie wurden – auch ihres Umfanges wegen – aus verschiedenen Heftromanreihen und Unterhaltungszeitschriften zusammengetragen. Kriminalromane und damit auch mancher wichtige Autor kamen nicht in die Auswahl.

Fast 650 Autoren haben sich mit etwa 1900 Krimititeln – davon 450 Romane – in der nur vierzig Jahre währenden Literaturgeschichte der DDR einen Platz gesichert. Am Anfang stand Hannes Elmen mit der Erzählung um den Mordfall Heinrich Lemke, der sich 1948 tatsächlich in Angermünde zugetragen hat. »...polizeifunk meldet ... mordfall lemke aufgeklärt ...« ist nachweisbar der erste Krimitext, der im Sommer 1949 – also noch vor der Gründung der DDR – in Ostdeutschland veröffentlicht wurde.

Es folgten der Tatsachenbericht »Der Mörderklub ›Weiße Krawatte‹« und die Kriminalnovelle »Was geschah im D 121?«. Hannes Elmen gerierte zum Vater der DDR-Kriminalliteratur, wodurch die Verdienste Wolfgang Schreyers, der 1952 mit »Großgarage Südwest« den ersten richtigen Kriminalroman zwischen zwei Buchdeckeln vorlegte, keinesfalls geschmälert sind.

Erst nach heftigen Diskussionen um das als Trivialliteratur geschmähte Genre, das eine bürgerliche und faschistische Ideologie verbreite, hatten Literaturfunktionäre in der Sowjetischen Besatzungszone (SBZ) 1947 den Konsens gefunden, eine gesellschaftlich wirksame Kriminalliteratur zu schaffen, die sich in den Dienst des Fortschritts stellt und am antifaschistisch-demokratischen Umerziehungsprozeß in Deutschland teilhaben soll.

Elmens Texte atmen jenen agitatorischen Sound, der für die erste Lebensphase des ostdeutschen Krimis nahezu typisch wurde. Propagandasätze gehörten zum Standard. Saboteure, Agenten, Spione und Mörder aus dem Westen oder die alten Naziverbrecher lieferten gängige Täterprofile. Man lebte in einer Hoch-Zeit des Kalten Krieges. Lediglich Günter Prodöhl fiel in den fünfziger Jahren etwas aus dem Rahmen. In seinen Geschichten um die Kommissare Schulz, Bengsch, Dittmann und Brugsch wandte er sich den »gewöhnlichen« Verbrechen zu, wie sie in der DDR vor dem Hintergrund der offenen Grenze im geteilten Berlin möglich waren.

Nach dem Bau der Mauer im Jahre 1961 erfuhren die bislang gepflegten Sujets eine deutliche Veränderung. Nicht mehr das politisch motivierte Verbrechen stand im Mittelpunkt der Geschichten, sondern die Alltagskriminalität, die als Störfaktor bei der Entwicklung der sozialistischen Gesellschaft betrachtet wurde. Straftäter mutierten zu Individuen, die sich in Widerspruch zu den allgemeinen Interessen des Staates und seiner Bürger befanden, oder die – wie die Briefmarkenhändler in Neuhaus' Erzählung oder Siebes Installateurmeister Kaulbart – mit den Rudimenten der angeblich untergegangenen bürgerlichen Gesellschaft behaftet waren.

In jenen Jahren begannen Autoren und Verleger die Suche nach Identifikationsfiguren in der Art eines sozialistischen Sherlock Holmes. Während Fritz Erpenbeck in der Romanserie um den berufserfahrenen Ich-Erzähler Hauptmann Peter Brückner ein reichlich blutarmes Kriminalistenkollektiv etablierte, erfand Hans Siebe den jungen Hauptwachtmeister Schmidt, der – später zum Kriminalmeister befördert – zusammen mit Hauptmann Kühn größere und kleinere Kriminalfälle zu lösen hatte. Um die Kriminalisten als Menschen wie du und ich, gewissermaßen als den guten Kumpel von nebenan, zu charakterisieren, ließ Siebe sie zu Trabbi- und Schrebergartenbesitzern aufrücken, womit das Ausmaß der Glückseligkeit sozialistischer Spießbürgerlichkeit sehr weit ausgereizt war.

Privatdetektive hat es in den Krimis mit dem Schauplatz DDR nie gegeben. Das Ermittlungs- und Überwachungsmonopol wurde vom Staat und seinen Repressivorganen usurpiert. Folglich traten immer die Mitarbeiter der Volkspolizei oder des MfS auf den Plan, wenn es galt, schnöde Verbrechen im Krimi aufzuklären. Außerhalb des Machtapparats stehende Personen wurden als störende Außenseiter empfunden. Fred Ungers Geschichte »Mord am Fährhaus« läßt etwas von dieser Polizistenmentalität aufblitzen, die nicht nur für geschlossene Gesellschaftssysteme typisch sein dürfte.

Der Titel der Anthologie »Rufen Sie die MUK!« ist der Polizeisprache entlehnt. Die Mord- und Unfalluntersuchungskommission, später nur noch Morduntersuchungskommission, wurde gerufen, wenn Tötungsdelikte aufzuklären waren. DDR-Täter erschlugen, erstachen oder erwürgten ihre Opfer. Schußwaffen waren nicht erhältlich, so daß die Autoren in den *police procedurals* auch hier realsozialistisch schrieben. Weder abgrundböse Schurken noch strahlende James-Bond-Typen beherrschten die Szenerie

Mit Beginn der achtziger Jahre begann die Krise, in der sich die DDR-Gesellschaft bereits befand, auch im Krimi sichtbar zu werden. Die Autoren versuchten ästhetische Freiräume zu schaffen. Mit zunehmend kritischerem Blick beschrieben sie die Probleme der Bürger und die Pannen ihres Staates. Von der Vereinsamung des Menschen in einer allzu grauen realsozialistischen Betonwohnstadt erzählt Tom Wittgen in »Maria«. Und Jan Flieger läßt einen Protagonisten resümieren: »Viele in diesem Land können nur noch reden, aber nichts Richtiges mehr zustande bringen. Ein Kapitalist würde einen Ingenieur Thönert, der nicht schöpferisch wirken konnte und keine Patente schuf, auf die Straße werfen.«

Ich räume gern ein, daß Leser, die nicht in der DDR gelebt haben, ob solcher Sätze lächeln können. Für den DDR-Leser hatten sie eine gewisse Signalwirkung. Sie machten betroffen und beförderten Nachdenklichkeit. Er stand mit seinen Zweifeln an der Richtigkeit des Weges zum Sozialismus nicht allein.

Behauptet wird, daß diese Symptomkritik nur simuliert war und eben damit schon wieder systemstabilisierend wirken konnte. Dem ist nicht unbedingt zu widersprechen. Als Dissidentenliteratur hat sich der Krimi in der DDR nie verstanden, eher als eine Beschreibung realer Zustände.

Mit einigem Erstaunen registriert der Herausgeber, daß auch im Jahre 9 nach dem Ende der DDR noch immer Diskussionen um den Krimi aus der entschwundenen DDR entfacht werden. Also muß er doch irgend etwas gehabt haben, wenn der seinerzeit in Hunderttausender-Auflagen gedruckte, verkaufte und auch gelesene Kriminalroman heutzutage als Subliteratur, die lediglich einen blassen, diffusen und schalen Nostalgiewert habe, geschmäht und andererseits als Spiegel der Lebenswirklichkeit und Mentalität der ostdeutschen Menschen anerkannt wird.

In einer marktwirtschaftlich orientierten Gesellschaft, in der die Erfolge eines Autors an den Verkaufszahlen seiner Bücher auf sogenannten Bestsellerlisten gemessen werden, erinnert das durchaus an ideologische Grabenkämpfe einer längst totgeglaubten Zeit des Kalten Krieges.

Die vorliegenden Erzählungen nur aus der Retrospektive bewerten zu wollen, ohne sie aus der Zeit ihrer Entstehung heraus zu begreifen, muß zu pauschalen Urteilen verführen. Krimis wurden in der DDR für den DDR-Bürger sowohl zur Unterhaltung als auch zu seiner Läuterung und Belehrung geschrieben, kaum mit dem Anspruch, sich am internationalen Standard – was immer das auch sein mag – messen zu wollen.

Ob es sich bei den Geschichten dieses Bandes, die als Beispiele für die Entwicklungsphasen des Genres (daher auch die Jahreszahlen am Ende der jeweiligen Texte) ausgewählt wurden, um »richtige« Krimis handelt oder nicht, sollte letztendlich dem Urteil der Leser überlassen bleiben.

W. M.

Hannes Elmen

... polizeifunk meldet ... mordfall lemke aufgeklärt ...

»Mensch, Karl Heinz, dicke Luft! Wir müssen schleunigst verschwinden! Otto ist eben vor dem Güterbahnhof verhaftet worden!«

»Und die Zuckerladung?«

»Hat die Polizei gleich mit Ottos Lastwagen kassiert.«

»Mensch, ein schöner Schaden!«

»Ich pfeif auf den Schaden. Viel schlimmer ist, ob Otto dicht halten wird. Für mich gibt's jetzt nur noch eins – türmen!«

Karl Heinz Degen läßt sich durch die Schreckensbotschaften seines Komplizen nicht aus der Ruhe bringen. Nachdenklich sieht er Harry Holt an. »Ein paar Stunden dürften wir schon noch Zeit haben. Wo willst du denn hin?«

»Hamburg oder Berlin. Nur weg von hier!«

Degen grinst. »Von mir aus ... Ich wünsche dir viel Glück.«

»Willst du etwa hierbleiben?«

»Nee, mein Lieber, aber darüber brauchst du dir keine Sorgen machen. Mich schnappt sie nicht, die Polizei.«

Harry überlegt einen Moment. »Also dann Hals- und Beinbruch, Karl Heinz. Nimm mir's nicht übel, aber ich hab's verdammt eilig! Tschüß, und auf Wiedersehen!«

»Adios, Harry. Und – schreib mal über unsere alte Deckadresse in Wolfenbüttel!«

Die letzten Worte hört Harry nicht mehr. ›Ein fixer Junge, nur reichlich nervös heute‹, denkt Karl Heinz Degen und zündet sich eine Zigarette an. »Noch einen Schnaps, Herr Ober!«

Degen überlegt weiter. Hamburg oder Berlin ... eigentlich keine üble Idee von Harry. Dieses Braunschweig hier wird einem auf die Dauer sowieso langweilig. Eine Millionenstadt dagegen ...

Zwei Stunden später erklärt Degen seiner jungen Frau: »Ich muß für einige Wochen dringend verreisen. Wirst noch von mir hören ...« Ohne besonderen Gruß verläßt er seine Wohnung. Ilse Degen bleibt ruhig sitzen; sie hat sich an diese Behandlung bereits gewöhnt, obwohl sie erst seit fünf Monaten verheiratet ist.

»Mein Mann ist fortgefahren. Wohin, hat er mir nicht gesagt«, antwortet Ilse Degen am nächsten Tag auf die Fragen der Kriminalpolizei. Der vernehmende Kommissar schenkt dieser Aussage Glauben; er ahnt, wie es um die Ehe dieser jungen Frau bestellt ist. Mit einigen beruhigenden Worten entläßt er sie wieder.

Zur selben Stunde überschreitet der Gesuchte die Zonengrenze bei Helmstedt – Richtung Berlin!

Das Berlin des Winters 1946/1947 ist so richtig nach dem Geschmack Degens. Ausländer, Frauen, lohnende Geschäfte – überall Großstadtbetrieb. Jetzt könnte man Harry gut gebrauchen. Schade, daß er es in Braunschweig so eilig hatte.

Aber der Dreiundzwanzigjährige hat die neuaufgebaute Berliner Polizei doch unterschätzt. Ende Januar 1947 wird er in einer Bar am Kurfürstendamm festgenommen. Die Sache liegt klar: Ottos Geständnis hat die großen Zuckerschiebungen aufgedeckt. Leugnen ist diesmal zwecklos. Degen gibt deshalb sogleich seine Mittäterschaft zu.

»Und wo steckt Ihr Kompagnon Harry Holt?« fragt schließlich der Kommissar. Degen zuckt die Achseln. »Keine Ahnung.« Dieselbe Antwort erhält auch der Vorsitzende der 2. Großen Strafkammer des Landgerichts Berlin.

Der Staatsanwalt beantragt zwei Jahre Gefängnis. Verbissen kämpft der Angeklagte um eine Verringerung der Strafe. Ohne Erfolg. Das Urteil lautet auf ein Jahr und vier Monate.

Degen macht äußerlich einen ruhigen, beinahe unbeteiligten Eindruck. Innerlich aber kocht er vor Wut. 16 Monate hinter Gittern!

Im Juli 1948 steht Karl Heinz Degen vor dem Verwaltungsdirektor der Strafanstalt Tegel, um seine Entlassungspapiere in Empfang zu nehmen. Auch die Urkunde über die inzwischen auf Antrag seiner Frau ausgesprochene Scheidung wird ihm ausgehändigt. Zum Schluß muß er noch die üblichen Ermahnungen über sich ergehen lassen. Sie berühren ihn aber nicht im geringsten. Das ist ja doch alles nur Quatsch ... Endlich kann er gehen. Wieder frei! Lebenshungrig wie noch nie eilt der Entlassene davon. Der einzige Rat des Gefängnisinspektors, den er befolgt, ist der, sich sofort um eine feste Wohnung zu bemühen. Dabei hat er gleich auf Anhieb Glück. Das Wohnungsamt Berlin-Zehlendorf weist ihm ein Zimmer, beziehbar zum 1. August 1948, als Untermieter zu. »Kunstgewerblerin Eva Curth, Zehlendorf, Schützallee 98 b«, lautet die Adresse auf dem Zuweisungsschein.

Erwartungsvoll macht sich Degen auf den Weg. Während er durch die Straßen läuft, fällt ihm Harry Holt ein. Ob er wohl auch in Berlin ist? Eigentlich komisch, daß Harry damals alle nach Wolfenbüttel gesandten Briefe unbeantwortet gelassen hat.

Angenehm überrascht bleibt Degen vor einem hübschen Einfamilienhaus stehen. Hier also soll er wohnen! Das ist wirklich mehr, als er erwarten durfte. Fehlt bloß noch, daß die Wirtin in Ordnung geht und nicht etwa ein Hausdrachen ist.

Nein, die Frau, die jetzt die Gartenpforte öffnet, ist alles andere als ein Hausdrachen. »Sie wünschen, mein Herr?«

»Entschuldigen Sie, bitte, ich wollte zu Frau Curth.«

»Das bin ich selbst.«

»Ich komme vom Wohnungsamt. Man hat mir ein Zimmer ...«

»Ach, Sie sind mein zukünftiger Untermieter? Bitte, treten Sie näher.«

Eva Curth, ungefähr 38 Jahre alt, wohnte bisher allein in dem Haus. Sie freut sich offensichtlich über den neuen Untermieter. »Wissen Sie, ich fürchtete schon, das Wohnungsamt würde mir womöglich einen Bürokraten einweisen, den schon ein leises Husten stört.«

Beide lachen.

Die notwendigen Formalitäten sind bald erledigt. Degen ist mit dem Zimmer sehr zufrieden. Auch die Frage des Mietpreises wird ohne Schwierigkeiten geklärt. Schließlich meint die Wohnungsinhaberin: »Und nun darf ich Sie doch zu einer Tasse Tee einladen?«

Es wird eine nette Plauderstunde. Frau Curth versteht es, Gemütlichkeit hervorzurufen. Sie gehört zu dem Typ der soliden Hausfrau, durchaus modern, aber nicht mondän.

»Bis zum 1. August sind es ja noch drei Tage, Herr Degen. Wenn Sie wollen, können Sie schon ab heute ihr Zimmer beziehen.«

»Sehr liebenswürdig. Dann brauche ich mir nicht erst noch ein Hotelzimmer zu suchen.«

Für den Abend besorgt Degen eine Flasche Likör. »Morgen trete ich meine Stellung als Regisseur beim Metropol-Theater an. Außerdem müssen wir doch meinen Einzug feiern, nicht wahr?«

Eva Curth ist derselben Ansicht. Endlich hat ihr Alleinsein aufgehört. Deutlich läßt sie den jungen Mann erkennen, daß er ihr sympathisch ist. Degen wiederum sagt sich: Warum nicht? Man hat schließlich seine Vorteile. Außerdem ist die Frau wirklich nett ...

Vier Wochen später wiegt sich Eva Curth in dem Glauben, daß sie bald die Ehefrau ihres Untermieters sein wird.

Wer heute die Mietskaserne in Berlin, Schönhauser Allee 115, näher betrachtet, wird auch die modernen Auslagen eines Lampengeschäftes kaum übersehen. Im September 1948 befand sich in diesem Laden allerdings noch die Süßwarenhandlung von Heinrich Lemke, der vielen Berlinern durch seine in allen Stadtteilen anzutreffenden Filialen als »Schokoladen-Lemke« bekannt war.

An einem sonnigen Septembervormittag kommt ein äußerst elegant gekleideter junger Mann in den Laden. »Bitte, geben Sie mir ein viertel Pfund Kekse.«

Zufällig ist Elisabeth Lemke, die Frau des Geschäftsinhabers, anwesend. Interessiert beobachtet sie den Kunden, der gerade einer Verkäuferin das Geld über den Ladentisch reicht. Ein selten hübscher Junge! Groß, breitschultrig, wie aus einem Modejournal geschnitten.

»Die Kekse sind wohl für das Fräulein Braut?« erkundigt sich Elisabeth Lemke lächelnd.

»Aber nein, die sind nur für mich«, antwortet der Gefragte freundlich.

Man kommt ins Gespräch. Der junge Mann – es ist Karl Heinz Degen – beherrscht alle Künste der Unterhaltung. Und Elisabeth Lemkes strahlende Augen bestätigen ihm wieder einmal, daß er einer von denjenigen Männern ist, die bei Frauen Glück haben.

»Verzeihen Sie, bitte, wenn ich etwas neugierig bin, aber ich möchte gerne wissen, ob Ihr Anzug von einem Berliner Schneider gearbeitet wurde«, wird Degen gefragt.

»Stoff und Modell sind englisch, der Schneider ist ein Berliner; er hat ein Modeatelier in der Uhlandstraße.«

»Wissen Sie vielleicht, ob er auch Damenkostüme anfertigt?«

»Gewiß. Falls Sie es wünschen, kann ich Sie mit ihm bekannt machen. Sicher nimmt er noch Aufträge an, besonders von einer schönen Frau«, erwidert er mit einer Verbeugung.

Elisabeth Lemke errötet. »Wenn ich Ihre Zeit in Anspruch nehmen darf?«

»Aber ich bitte Sie gnädige Frau! Sie brauchen nur zu sagen, wann es Ihnen paßt.«

»Gut. Wie wäre es heute oder morgen nachmittag?«

»Ich würde heute vorschlagen.«

»Einverstanden.« Hastig blickt sich die Frau nach den Verkäuferinnen um. Aber die sind vollauf mit dem Bedienen einiger Kunden beschäftigt und haben nichts bemerkt. »Um drei Uhr vor dem Marmorhaus.«

Degen verbeugt sich erneut und verläßt nach einem vielsagenden Händedruck das Geschäft.

Elisabeth Lemke hat ein gepflegtes Heim in Halensee, Kronprinzendamm 9. Materielle Sorgen kennt sie nicht. Ihr Mann ist als mehrfacher Geschäfts- und Grundstücksbesitzer sehr vermögend. Aber er ist nun schon 63 Jahre alt, während Elisabeth Lemke erst 35 Jahre zählt. Beinahe dreißig Jahre Unterschied. Dem ersten Rendezvous mit Karl Heinz Degen folgen bald weitere. Der verabredete Besuch des Modeateliers wird für die Frau zum Beginn einer Leidenschaft. Bald vergeht kein Tag mehr, an dem die beiden nicht wenigstens für eine Stunde zusammentreffen. Die Frau hat es wie ein Rausch gepackt. Wenn sie aber eine Verabredung einmal nicht einhalten kann, schickt sie gleich einen Brief, in dem jedes Wort ihre Gefühle verrät.

»Von wem sind eigentlich diese Briefe, die du neuerdings bekommst?« fragt Eva Curth eines Tages. Degen antwortet mit einer Gebärde, die die Unwichtigkeit der Sache unterstreichen soll. »Eine Schauspielerin, der ich ein Engagement verschaffen soll. Untalentiert, nicht zu gebrauchen ...«

Eva Curth glaubt ihm. Nicht einmal im Traum würde ihr einfallen, daß Karl Heinz sie betrügen könnte. So unterstützt sie ungewollt seine Bemühungen, das Verhältnis mit der Frau des Großkaufmanns Lemke zu verheimlichen.

Ein solches Liebesverhältnis kostet Geld, viel Geld sogar. Elisabeth legt größten Wert darauf, mit ihrem Freund »standesgemäß« aufzutreten. Schließlich lebt man in unmittelbarer Nachbarschaft mit englischen und amerikanischen Offiziersfamilien und deren Nachtklubs. Degen verdient zwar, wie er sagt, monatlich rund achthundert Mark, aber die reichen kaum für seine eigenen Bedürfnisse. Elisabeth wiederum kann nicht immer die gewünschten Summen beschaffen. »Ich darf meinen Mann nicht mißtrauisch machen«, sagt sie, während sie wieder einmal eine umfangreiche Zeche bezahlt. »Unser Geld, die Wertpapiere und das Bankkonto, alles wird von ihm verwaltet.«

Degen blickt gelangweilt vor sich hin. Da meint die Frau: »Karli, wir müßten uns eben zwei- oder dreimal in der Woche bei dir zu Hause treffen.«

Degen wehrt entsetzt ab. »Bloß das nicht, Elisa! Meine Wirtin würde uns nicht in Ruhe lassen. Schon seit Wochen gibt sie sich die erdenklichste Mühe, ein Verhältnis mit mir anzufangen. Wenn ich da mit dir ankommen würde ... Na, ich danke!«

»Gefällt sie dir eigentlich, deine Wirtin?«

»Elisa, bitte, sprich nicht so! Du weißt doch, daß ich nur dich liebe.«

Elisabeth Lemke ist wunschlos glücklich.

Am 8. Oktober 1948 – es ist ein Freitag – findet der Großkaufmann Heinrich Lemke in der Schale, die seine täglich eingehende Post enthält, den Brief eines ihm unbekannten Angermünder Rechtsanwaltes. Das Schreiben hat folgenden Wortlaut:

Dr. W. Goldstein Angermünde, 6. Oktober 1948
Rechtsanwalt und Notar

Sehr geehrter Herr Lemke!

Mein Mandant, Herr Siegfried Mendelsohn, wurde im Jahre 1934 durch die Judenhetze der damaligen Machthaber gezwungen, sein in Berlin, Bornstedter Straße 9, befindliches Grundstück zu verkaufen. Das Grundstück ging dann in Ihren Besitz über.

Herr Mendelsohn hat mich nun beauftragt, mit Ihnen über eine gütliche Einigung zu verhandeln. Da Sie als Geschäftsmann wochentags sicher nur schwer abkommen können, erlaube ich mir, Sie um Ihren persönlichen Besuch in Angermünde am nächsten Sonntag, dem 10. Oktober 1948, zu bitten. Die günstigste Verbindung haben Sie mit dem um

17.30 Uhr vom Stettiner Bahnhof in Berlin abfahrenden D-Zug, der gegen 19.00 Uhr hier eintrifft. Ich habe vorsorglich im Hotel »Reichshalle« ein Zimmer für Sie reservieren lassen und bitte Sie, sich dort beim Pförtner zu melden.

Nicht unerwähnt möchte ich lassen, daß Herr Mendelsohn mich für den Fall einer gütlichen Einigung dazu ermächtigt hat, den beim Berliner Magistrat gegen Sie eingereichten Wiedergutmachungsantrag zurückzuziehen.

Mit vorzüglicher Hochachtung!

Dr. W. Goldstein

Einen derartigen Brief hat Heinrich Lemke schon seit langem erwartet. Der verbindliche Ton des Schreibens beruhigt ihn jedoch. Er nimmt sich vor, von sich aus alles zu tun, damit die von dem Rechtsanwalt vorgeschlagene Einigung zustande kommt. Diese heikle Angelegenheit mit dem Grundstück Bornstedter Straße 9 soll endlich aus der Welt geschafft werden.

Abends sitzen sich die Eheleute Lemke beim Essen gegenüber. »Rate mal, Elisabeth«, sagt der Mann aufgeräumt, »was ich heute für eine Nachricht habe.«

Elisabeth blickt auf. So munter hat sie ihren Mann lange nicht gesehen. »Ich kann es mir schon denken. Du hast die Genehmigung zur Eröffnung einer weiteren Filiale erhalten.«

»Falsch!«

»Dann sind deine Verhandlungen wegen der Übernahme des Lebensmittelgeschäftes in Charlottenburg erfolgreich beendet worden.«

»Auch falsch ... ich will es dir sagen, Elisabeth. Mendelsohn hat sich gemeldet!«

»Und darüber freust du dich? Das begreife ich nicht!«

Heinrich Lemke macht eine bedeutungsvolle Miene. »Diesmal hat er keine grundsätzlichen Forderungen gestellt, sondern schlägt mir durch seinen Rechtsanwalt eine gütliche Einigung vor. Hier, bitte, lies.«

Kopfschüttelnd nimmt Elisabeth das ihr hingereichte Schreiben. Nachdem sie es aufmerksam gelesen hat, wendet sie sich wieder ihrem Mann zu. »Ich habe also wieder einmal recht! Für einen erfolgreichen Kaufmann ist nicht nur seine Tüchtigkeit entscheidend! Er muß auch Glück haben!«

»Na schön, ich will nicht widersprechen«, erwidert Lemke gutgelaunt. »Aber ich wäre dir dankbar, wenn du morgen die Fahrkarte beschaffen würdest.«

»Gern, Heinrich. Und ich bringe dich selbstverständlich zur Bahn. Doch da fällt mir was ein. Hättest du nicht Lust, vorher noch mit mir die Nachmittagsvorstellung im Friedrichstadt-Palast zu besuchen? Dort tritt zur Zeit Michael Piel auf. Er soll ganz unerhört sein!«

Heinrich Lemke ist in viel zu froher Stimmung, als daß er seiner Frau einen Wunsch abschlagen könnte. »Gern, Elisabeth, wenn es dir Freude macht.«

Schon lange nicht mehr haben die beiden Eheleute so nett miteinander gesprochen. Heinrich Lemke wird oft bis in die Nachtstunden hinein von seinen Geschäften in Anspruch genommen. Um so mehr begrüßt er diesen gemütlichen Abend ...

Am nächsten Vormittag trifft sich Elisabeth mit Degen und berichtet ihm von der bevorstehenden Reise ihres Mannes. »Du hättest ihn sehen sollen. Richtig verjüngt kam er mir vor.«

»Na, siehst du, Elisa, der Trottel ist viel zu sehr mit seiner Geldmacherei beschäftigt. Der merkt eben nichts«, ruft Degen triumphierend.

Elisabeth hat diesmal wenig Zeit. »Ich muß auch noch die Karten für den Friedrichstadt-Palast besorgen. Auf Sonntag also, Karli!«

»Auf Sonntag, Elisa!« antwortet Degen und wirft ihr zum Abschied noch einen verliebten Blick zu. Dann trennen sie sich wieder.

Am Sonntag sitzen die beiden Eheleute im Friedrichstadt-Palast. Leider müssen sie die Vorstellung eine halbe Stunde vor Schluß verlassen, damit Heinrich Lemke nicht seinen Zug versäumt. Elisabeth begleitet ihren Mann bis ins Abteil. Hier umarmt sie ihn und gibt ihm einen zärtlichen Kuß. »Viel Erfolg, Heinrich!«

Mit einer etwas väterlich wirkenden Geste streichelt der Mann das rötlich schimmernde Haar seiner Frau. »Jetzt mußt du aber heimgehen, Elisabeth. Es wird schon dunkel.«

Noch lange winkt die Frau dem davonfahrenden Zug nach. Bis sie sich entschlossen umwendet und mit eiligen Schritten dem Ausgang zustrebt. Ihr Ziel ist allerdings nicht ihre Wohnung, sondern eine Bar an der Gedächtniskirche.

»Und ich sage dir, wenn Fritz etwas genauer geschossen hätte, wäre die ganze Sache anders gelaufen!«

»Was du bloß immer mit dem Fritz hast! Warum hat er denn nicht besser getroffen? Weil er nicht kann, sage ich dir! Der Kerl hat doch Gummibeine! Nee, solange wir uns an den halten, werden wir keine Lorbeeren ernten!«

»Deine ewige Meckerei bringt uns auch nicht weiter!«

»Ich meckere ja gar nicht. Ich mache nur Vorschläge, damit wir endlich vorwärts kommen!«

»Würden wir auf dich hören, könnten wir bald ganz einpacken!«

Die Schwächen der Angermünder Fußballmannschaft sind das Lieblingsthema des Kellners Berger.

Seinem Kollegen Otto Kroll geht es nicht anders. Leider können sie jedoch ihre Debatte über das heute nachmittag verlorengegangene Spiel ihrer Mannschaft nicht weiterführen, da sie durch den Eintritt einer Dame gezwungen werden, ihre Unterhaltung abzubrechen.

Das Gastzimmer des Hotels »Reichshalle« ist um diese Tageszeit völlig leer. Die Dame – unerhört elegant, wie Berger feststellt – sieht sich einen Augenblick in dem stillen Raum um. Mit einem leichten Neigen des Kopfes erwidert sie die Verbeugungen der Hotelangestellten und sagt: »Ich bin die Sekretärin von Herrn Rechtsanwalt Dr. Goldstein. Wir benötigen heute nacht für einen Berliner Gast ein Zimmer, in dem gleichzeitig eine geschäftliche Besprechung abgehalten werden kann. Haben Sie ein solches Zimmer frei?«

»Da ist es wohl am besten, wir nehmen das Zimmer sieben, nicht wahr?« wendet sich Berger an seinen Kollegen.

»Ja, ich werde Ihnen sofort das Zimmer zeigen.« Kroll nimmt den Schlüssel vom Brett und bittet die Dame, ihm zu folgen.

Das Zimmer 7 erscheint für den gewünschten Zweck besonders gut geeignet. Ein Sofa, Sessel, Stühle und ein Tisch. In einer Ecke steht ein Bett. Nur die Beleuchtung ist etwas schwach. »Ich werde dafür sorgen, daß eine stärkere Birne eingeschraubt wird«, entschuldigt sich Kroll. »Außerdem können Sie noch eine Tischlampe bekommen.«

»Ach, das ist unwichtig«, antwortet die Dame. Erklärend fügt sie hinzu: »Wenn es so hell ist, kommt mein Chef womöglich bloß auf die Idee, mir gleich stundenlange Verträge und Abschlüsse zu diktieren.«

Kroll nickt verständnisvoll.

»Den Schlüssel kann ich ja wohl behalten?« fragt

die Sekretärin, während sie mit dem Hotelangestellten ins Gastzimmer zurückgeht.

»Selbstverständlich. Nur möchte ich Sie bitten, den Herrn, der bei uns übernachten wird, zu veranlassen, daß er sich noch heute abend in das Gästebuch einträgt.

»Gewiß, ich werde daran denken.«

Als sie wieder allein sind, sagt Kroll zu seinem Kollegen: »Mensch, das ist 'ne Frau, was? Hast du die lackierten Fingernägel gesehen?«

»Der Hut, den sie aufhat, ist noch verrückter«, meint Berger. Aber dann dreht sich das Gespräch der beiden wieder um ihr Lieblingsthema, die Fußballmannschaft.

Pünktlich um 19 Uhr trifft Heinrich Lemke in Angermünde ein. Den Weg zur »Reichshalle« findet er schnell. Zehn Minuten später ist er in dem Gastzimmer des Hotels.

»Herr Lemke aus Berlin?«

Erstaunt dreht sich der Angesprochene um. Vor ihm steht eine Dame in einem tadellosen Kostüm. »Ja, bitte?«

»Ich bin die Sekretärin von Herrn Dr. Goldstein. Ich sollte Sie hier erwarten. Der Herr Doktor wird in etwa zwanzig Minuten kommen. Bis dahin müssen Sie schon mit meiner Gesellschaft vorlieb nehmen.«

Heinrich Lemke lächelt. »Mit dem größten Vergnügen!« Man wird also zu dritt sein. Angesichts dieser Sekretärin keine unangenehme Aussicht.

»Darf ich Ihnen inzwischen Ihr Zimmer zeigen?« fragt da die Angestellte des Rechtsanwalts.

»Ich bitte darum.«

»Aber vielleicht schreiben Sie sich erst in das Gästebuch ein. Sie verstehen, die Hotelmenschen sind darin genau.«

Kroll hat bereits das Buch aufgeschlagen. Heinrich

Lemke füllt die einzelnen Spalten aus und läßt die Eintragungen mit seinem Personalausweis vergleichen. Dann folgt er der Sekretärin in bester Stimmung. Dieser höfliche Empfang stärkt seine Annahme, daß er mit dem Beauftragten Mendelsohns leicht einig werden wird.

Nachdem der Berliner Geschäftsmann seinen Mantel in den Kleiderschrank gehängt hat, weist die Dame auf das Sofa, das quer in einer Ecke des Zimmers steht. »Bitte sehr, machen Sie es sich bequem.«

Heinrich Lemke nimmt Platz. Die Likörflasche und die drei Gläser auf dem Tisch vor dem Sofa überraschen ihn schon nicht mehr.

Die Sekretärin sitzt ihm gegenüber auf einem Stuhl. »Der Herr Doktor muß jeden Augenblick kommen. Aber inzwischen könnten wir eigentlich einen Likör trinken«, schlägt sie vor.

»Womit ich gern einverstanden bin«, erwidert der Mann. Und während die junge Frau zwei Gläser füllt, sagt er noch anerkennend: »Sie haben da zufällig meine Lieblingsmarke!«

»Das freut mich. So, bitte sehr. Auf gutes Gedeihen!«

»Prosit!«

›Alles, was recht ist, aber dieser Herr Rechtsanwalt hat eine Sekretärin, die wirklich nur eine Empfehlung für ihren Chef ist‹, denkt Heinrich Lemke. ›Eine reizende Person ...‹

Ungeduldig blickt der Kellner Berger am nächsten Vormittag auf die Uhr. Halb elf. Bald müssen die Tische zum Mittagessen gedeckt werden, und der Herr von Zimmer sieben ist noch immer nicht zum Frühstück erschienen. Gegen 11 Uhr entschließt sich Berger, den verschlafenen Gast zu wecken. Energisch klopft er an die Tür. Keine Antwort. Auch auf ein nochmaliges Klopfen rührt sich nichts in dem Zimmer. Sollte darin etwas nicht in Ordnung sein? Nach einem Zechpreller sah der Mann doch nicht aus.

Berger benachrichtigt den Hotelinhaber, der sofort einen Schlosser kommen läßt. Neugierig beobachten einige aufmerksam gewordene Gäste den Handwerker bei seiner Arbeit. Es sind aber nur wenige Handgriffe erforderlich, um die Tür zu öffnen.

Das Bild, das sich den Eintretenden bietet, ist grauenhaft. Quer über dem Sofa liegt die Leiche eines Mannes, dessen Kopf durch zwei klaffende Wunden gespalten ist. Auf dem Fußboden schwimmt eine große Blutlache. Es müssen wuchtige Beilhiebe gewesen sein, die den Mann – der Kellner Berger hat ihn als Heinrich Lemke wiedererkannt – getötet haben.

Die sofort herbeigerufene Mordkommission wird vom Hotelpersonal darauf hingewiesen, daß verschiedene Möbelstücke des Zimmers vorher anders gestanden haben. Die für die angekündigte Konferenz extra auf den Tisch gelegte Plüschdecke hängt jetzt vor dem Fenster.

Weder Berger noch Kroll können sich besinnen, wie die Frau hieß, von der das Zimmer am vorhergehenden Abend bestellt wurde. »Sie sagte, sie wäre die Sekretärin eines Rechtsanwalts. Ihren eigenen Namen hat sie gar nicht genannt«, behaupten die beiden und geben eine Beschreibung der Unbekannten zu Protokoll. »Sehr elegant war sie. Direkt mondän! Ungefähr dreißig Jahre alt ...«

Mit diesen Aussagen kann die Mordkommission vorerst nicht viel anfangen. Praktisch fehlt jede greifbare Spur. Im Waschbecken werden noch zwei Frauenhaare entdeckt, und an der Zimmertür liegen zwei Eintrittskarten für den augenblicklich in Angermünde gastierenden Zirkus Barlay. Das ist aber auch alles.

»Verdammt wenig«, brummt Kommissar Kersten.

»Na, wollen mal hören, was uns die Frau des Ermordeten zu sagen hat ...«

Am Abend des 11. Oktober 1948 erhält Elisabeth Lemke die Nachricht von der Ermordung ihres Mannes. Von namenlosem Entsetzen gepackt, fährt sie gleich am nächsten Morgen mit einem Auto nach Angermünde.

Mit aufrichtigen Worten menschlichen Mitgefühls wird sie von Kommissar Kersten empfangen. Nur mühsam gelingt es ihr, die immer wieder hervorbrechenden Tränen zurückzuhalten. Geduldig wartet der Kommissar, bis sie sich beruhigt hat. Schließlich legt sich ihre Erregung, und sie beginnt, von der Grundstücksangelegenheit und dem Einladungsschreiben Dr. Goldsteins zu berichten. Wo dieser Brief geblieben ist, kann sie jedoch nicht sagen. Dann nennt Elisabeth Lemke die Gegenstände, die ihrem Mann geraubt worden sind: »Er hatte etwa 500 Mark Bargeld, eine Aktentasche mit wertvollen Geschäftspapieren und einen äußerst kostbaren Brillantring bei sich.«

»Haben Sie eventuell einen Verdacht, wer Ihren Gatten ermordet haben könnte?«

»Nein, Herr Kommissar, ich kann mir gar nicht vorstellen ...«

Inzwischen kommt ein Kriminalassistent, der Dr. Goldstein herbeirufen sollte, mit einer sensationellen Neuigkeit zurück. »Einen Rechtsanwalt Dr. Goldstein gibt es nicht in Angermünde!«

»Überraschung Nummer eins«, quittiert Kommissar Kersten. Er ahnt, daß dieser Mordfall noch mehr Überraschungen bringen wird.

Nachdem Elisabeth Lemke das Protokoll über ihre Mitteilungen unterschrieben hat, verabschiedet sie sich, erneut in Tränen ausbrechend, von Kommissar Kersten.

»Ich werde Sie selbstverständlich sofort benachrichtigen, wenn ich etwas erfahren sollte.«

Wieder in Berlin trifft sie Karl Heinz Degen vor ihrer Haustür. Für einen Augenblick wird die Regung eines bösen Gewissens in ihr wach, dann aber ist sie doch froh, jetzt nicht allein in der unheimlichen Stille ihrer Wohnung sein zu müssen.

»Meine Herren, ich bin der Meinung, daß die unbekannte Frau, die als Sekretärin aufgetreten ist, nicht die Mörderin gewesen sein kann. Die Frau verfügt wohl kaum über die Kräfte, die nun einmal nötig sind, um derartig schwere Beilhiebe ausführen zu können!«

Die im Zimmer ihres Chefs versammelten Angehörigen der Angermünder Mordkommission stimmen dieser Mutmaßung zu. Kommissar Kersten überlegt ein paar Sekunden und spricht dann weiter: »Es ist aber durchaus gerechtfertigt, in der unbekannten Frau eine Gehilfin des Mörders zu sehen. Um nun eine möglichst schnelle Aufklärung der Tat zu erreichen, empfiehlt es sich, die Suche nach dem Mörder zunächst auf einen eng begrenzten Personenkreis zu beschränken. Mittelpunkt dieses Kreises muß der Ermordete sein, in dessen nächster Umgebung der Täter wohl am besten gefunden werden kann.«

»Käme nicht vielleicht die Frau des Ermordeten in Betracht«, wirft ein Kriminalanwärter dazwischen.

»Ausgeschlossen! Erstens kann dieses schmächtige Persönchen aus den bereits erwähnten Gründen dem Opfer gar nicht die tödlichen Verletzungen beigebracht haben, und zweitens hat sie ein hieb- und stichfestes Alibi, das bereits genauestens überprüft wurde. Frau Lemke war zur Zeit der Tat in Berlin! Doch möchte ich meine oben gemachten Erklärungen noch ergänzen. Der Täter hat ohne Zweifel

Kenntnis von der Grundstücksangelegenheit Mendelsohns gehabt. Schon deshalb aber dürfte er zu dem engeren Personenkreis um Lemke gehören. Ein Großkaufmann wie der Ermordete hat bestimmt nicht zu jedem über dieses nur durch die Nazis ermöglichte Geschäft gesprochen. Der Täter wird nun sein Wissen als Mittel zum Zweck benutzt haben. Das heißt, er lockte sein Opfer durch den gefälschten Brief eines gar nicht existierenden Rechtsanwaltes an den Tatort.«

»Und das Motiv, Herr Kommissar? Raubmord, nicht wahr?«

»Natürlich, ein Raubmord, wie er offensichtlicher nicht sein kann!« Kommissar Kersten überlegt wieder einen Moment und stellt dann fest: »Daß sich der Täter in Angermünde befindet, ist kaum anzunehmen. Lemke wohnte in Berlin; der Personenkreis, mit dem er zu tun hatte, lebt ebenfalls dort. Es wird also notwendig sein, die Berliner Kollegen einzuschalten. Doch nun an die Arbeit, meine Herren. Nochmalige Vernehmungen des Hotelpersonals, Auswertung der Mitteilungen Frau Lemkes, und Sie, Kollege Schlüter, übernehmen die Nachforschungen beim Zirkus Barlay. Vielleicht besteht irgendein Zusammenhang zwischen den am Tatort gefundenen Eintrittskarten und dem Raubmord.«

Die Nachricht von der Bluttat in Angermünde geht durch die gesamte Berliner Presse. Dabei nehmen die in Westberlin erscheinenden Zeitungen den Fall Lemke zum Anlaß, um in bösartigen Aufsätzen die Bevölkerung vor Reisen in die »unsichere Ostzone« zu warnen. Der »Telegraf« schickt sogar einen Sonderkorrespondeten nach Angermünde, der auf eigene Faust Nachforschungen anstellt. Sein Bericht wird unter der Überschrift veröffentlicht:

Geheimnisvoller Mord im Hotel

Westberliner Hausbesitzer nach Angermünde gelockt!

Wer war die Begleiterin?

»... Um 20 Uhr betrat Lemke in Begleitung einer elegant gekleideten Frau das Hotel. Beide übernachteten hier ... Am nächsten Morgen fand das Zimmermädchen in dem von den beiden Gästen gemieteten Zimmer den Mann tot in einer Blutlache liegend auf ... Von der Frau, in der man die Täterin vermutet, ist nichts bekannt ...«

Keiner der Leser weiß, daß dieser Artikel in seinen so genau erscheinenden Einzelheiten von dem Reporter des »Telegraf« erdichtet worden ist.

»Herr Kommissar, da ist ein Mann, der sie in einer wichtigen Sache sprechen will.«

»Um was handelt es sich?«

»Das hat er nicht gesagt. Er tat sehr geheimnisvoll.«

»Führen Sie ihn herein.«

Dem Mann, der jetzt das Zimmer des Kommissars Pätzold von der Berliner Mordkommission betritt, sieht man sofort seinen Beruf an. Unverkennbar ein Kraftfahrer. Schüchtern setzt sich der Besucher auf den Stuhl, der ihm angeboten wird. Etwas drucksend fängt er an zu sprechen. »Mein Name ist Gerling, Herr Kommissar. Ick habe ja nu mal 'ne Strafe wejen so'n kleenet Schiebajeschäft jehabt. Aba deswejen bin ick noch lange keen Schwervabrecha.«

»Das habe ich auch nicht behauptet«, sagt Kommissar Pätzold lächelnd.

Der Mann stockt wieder für einen Moment, überlegt, gibt sich einen Ruck und spricht entschlossen weiter: »Also, Herr Kommissar, ick komme wejen den Mord in Angermünde. Als ich nemlich im Jefängnis war, saß mit mir een jewissa Karl Heinz Degen inne Zelle. Seit unsre Entlassung hat diesa Degen mir denn öfta besucht. Vor unjefähr vierzehn

Tage war er wieda bei mir und bat, dett ick ihm nach Angermünde fahren sollte. Ett sei een jutes Jeschäft. Ich hab' nich abjelehnt und bin gefahr'n. In Angermünde is Degen bloß uff't Postamt jewesen und hat een Brief abstempeln lassen. Wie wir wieda in Berlin waren und durch die Schönhausa Allee fuhren, hat er mir den Schokoladenladen von Lemke jezeicht und dabei jesacht: ›Dieser Laden is bald mein!‹ Und nu hab ick von den Mord an Herrn Lemke jeles'n und denke mir ...«

Kommissar Pätzold, der über den Fall Lemke genau unterrichtet ist, hat bisher schweigend zugehört. Nun aber unterbricht er seinen Besucher und fragt: »An welchem Tage waren Sie mit Degen in Angermünde?«

»Jenau am Donnastag, den sieh'mten Oktoba!«

»Sind Sie noch ein zweites Mal mit Degen in Angermünde gewesen?«

»Nee, nur eenmal.«

Für Kommissar Pätzold ist der Name Degen absolut nicht fremd. Die inzwischen in Berlin aufgenommenen Ermittlungen haben bereits die Verhältnisse um die Witwe des Ermordeten aufgedeckt. Nach dem neuesten Stand der Dinge erscheinen Frau Lemke und ihr Geliebter sogar in einem höchst verdächtigen Licht.

Die Aussage des Kraftfahrers Gerling wird sofort zu Protokoll genommen. Leider kann er über die Angelegenheit mit dem abgestempelten Brief nichts näheres mitteilen.

»Vielen Dank, Herr Gerling. Sie werden noch von uns hören«, verabschiedet Kommissar Pätzold seinen Besucher.

Zwischen der Dircksenstraße, dem Sitz der Berliner Mordkommission, und der Angermünder Kriminalpolizei jagen die Funksprüche hin und her. Kommissar Pätzold ist davon überzeugt, daß die Fahrt, die Degen am 7. Oktober mit dem Kraftfahrer Gerling nach Angermünde gemacht hat, im Zusammenhang mit dem gefälschten Rechtsanwaltsbrief steht. Hartnäckig legt die Volkspolizei eine Schlinge nach der anderen, um die Schuldigen am Tode Heinrich Lemkes zu fangen.

»Wir müssen diesen Degen und Frau Lemke haben, dann klärt sich die Sache von selbst«, meint ein Kriminalsekretär der Berliner Mordkommission.

»Ganz recht, mein Lieber«, erwidert Kommissar Pätzold. »Aber wie sollen wir denn der beiden habhaft werden?«

»Na, den Degen haben wir doch schon mal gefangen!«

»Sie vergessen bloß, daß wir damals noch eine einheitliche Polizei in Berlin hatten. Jetzt werden sich die von uns Gesuchten hinter der Stummpolizei verstecken!«

»Ja, glauben Sie, Herr Kommissar, daß die Leute in der Friesenstraße Personen, die eines Mordes verdächtig sind, schützen werden?«

»Was heißt glauben? Ich hoffe es jedenfalls nicht.«

Noch zur selben Stunde wird dem illegalen Polizeipräsidium in Westberlin ein ausführlicher Bericht mit der Bitte übersandt, Frau Elisabeth Lemke und Karl Heinz Degen im Interesse einer schnellen Aufklärung der Angermünder Bluttat festzunehmen und unter Berücksichtigung der neuen Verdachtsmomente zu verhören.

»Da haben Sie die Bescherung«, sagt 24 Stunden später Kommissar Pätzold zu seinen Kollegen und wirft die Antwort der Westberliner Polizei auf den Tisch. »Die Verdächtigen sind weiterhin auf freiem Fuß. Degen hat ein Alibi. Nach Aussagen seiner Wirtin, Eva Curth, war er am Abend der Tat mit ihr im Kino!«

Kopfschüttelnd nehmen die Männer der Berliner Mordkommission diese Nachricht zur Kenntnis. »Sind die denn völlig mit Blindheit geschlagen, oder lassen sie lieber einen Mörder laufen, bevor sie zugeben müssen, daß wir gut arbeiten?« fragt erstaunt einer der Volkspolizisten.

»Egal, ob so oder so: eines Tages wird Degen unseren Weg kreuzen«, erklärt Kommissar Pätzold und zeigt wieder eine zuversichtliche Miene. »Auch diesen Mord werden wir aufklären. Wenn's auch durch den Spalterwahnsinn der Westberliner Kollegen schwerer als nötig wird ...«

Am nächsten Morgen schreibt der »Telegraf« höhnend, daß die Ermittlungen der Volkspolizei im Fall Lemke völlig ergebnislos verliefen.

Die Zuversicht Kommissar Pätzolds soll eher, als er selbst ahnte, ihre Bestätigung erfahren.

Wenige Tage nach dem ablehnenden Bescheid der illegalen Stummpolizei wird Karl Heinz Degen in der im sowjetischen Sektor gelegenen Wohnung seines ehemaligen Zellengefährten Gerling festgenommen!

Eine völlige Aufklärung des Angermünder Raubmordes bedeutet dieser Erfolg aber noch nicht, im Gegenteil, Degen streitet entrüstet alles ab: »Sie wissen doch, daß ich zur Zeit des Mordes in Berlin in einem Kino war!« schreit er wütend.

»Und was hatten Sie am 7. Oktober, drei Tage vor der Tat, in Angermünde zu schaffen?« fragt Kommissar Pätzold kühl.

»Lassen Sie mich doch mit diesem Blödsinn in Ruhe!« lautet die im patzigen Ton gegebene Antwort. »Ich war nie in Angermünde. Ihr Zeuge Gerling ist ein Spinner!«

Über eines sind sich alle Mitglieder der Berliner Mordkommission einig: So einen frechen und unverschämten Burschen hat das Polizeigefängnis schon lange nicht mehr beherbergt. Auch die nächsten Vernehmungen bleiben ergebnislos. Kommissar Pätzold spürt zwar beinahe greifbar die Schuld Degens, der aber leugnet dreist und wird von Tag zu Tag anmaßender. Nach einem mehrstündigen Kreuzverhör gelingt es endlich, dem Untersuchungsgefangenen ein Zugeständnis abzuringen.

»Na schön, also ich gebe zu, am 7. Oktober mit Gerling nach Angermünde gefahren zu sein.«

»Warum haben Sie das bisher abgestritten?«

»Ich wollte das Andenken des Toten nicht beschmutzen.«

»Wie meinen Sie das?«

»Na ja, ich bin doch im Auftrage von Herrn Lemke gefahren. Auf der Post in Angermünde habe ich dann eine 24 Pfennigbriefmarke gekauft und auf den Briefumschlag geklebt. Dem Schalterbeamten sagte ich, daß ich Sammler sei und er möge mir doch die Marke abstempeln. Als ich den Stempel hatte, bin ich wieder nach Berlin zurückgefahren.«

»Was geschah weiter?«

»In Berlin traf ich mich mit Herrn Lemke. Er diktierte mir den Brief des Rechtsanwaltes, und außerdem mußte ich auf den leeren Umschlag mit der gestempelten Marke seine Adresse schreiben. Herr Lemke steckte dann den Brief in den Umschlag und ging wieder nach Hause.«

»Und was sollten diese Manöver bezwecken?«

»Naja, Herr Lemke wollte seiner Frau gegenüber so tun, als sei der Brief richtig durch die Post befördert worden, um einen Grund für die von ihm geplante Reise nach Angermünde zu haben.«

»Er hätte doch auch ohne diesen gefälschten Brief fahren können!«

»Eben nicht! Die Tarnung mit dem geschäftlich erscheinenden Brief war notwendig, weil sich sonst

Frau Lemke darüber gewundert hätte, was ihr Mann sonntags in Angermünde zu tun hatte.«

»Was beabsichtigte Herr Lemke mit seiner Fahrt nach Angermünde?«

»Genau weiß ich das nicht. Er sagte nur, er müsse da eine peinliche Angelegenheit mit seiner Geliebten in Ordnung bringen.«

»Wissen Sie näheres über diese Geliebte?«

»Nein, nur den Vornamen. Sie heißt Lilo und ist wohl Tänzerin in einem Berliner Theater.«

»Und Sie behaupten weiter, von dem Mord nichts zu wissen?«

»Mit dieser Sache habe ich nichts zu tun!« Degen zeigt die Miene eines Empörten. Dem Wachtmeister, der ihn wieder abführt, erklärt er: »Euer Komissar ist ein Idiot!«

»Der Kerl lügt, sowie er den Mund auftut. Gewisse Wahrheiten sind allerdings in seinen Erzählungen enthalten«, stellt Kommissar Pätzold sachlich fest, während er das Protokoll der letzten Vernehmung noch einmal durchliest, aber wir werden ihn schon kriegen ...!«

Die Nachforschungen nach der Tänzerin Lilo ergeben, daß diese Person tatsächlich existiert und früher einmal mit Heinrich Lemke in Verbindung stand. Zur Zeit der Tat aber lag sie in einem Berliner Krankenhaus und konnte an dem Mord unmöglich beteiligt sein!

Ein weiterer Teilerfolg ist der Volkspolizei beschieden, als es ihr einige Tage später gelingt, Elisabeth Lemke bei einem Besuch ihres im sowjetischen Sektor gelegenen Geschäftes in der Schönhauser Allee Nr. 115 festzunehmen. Aber auch mit diesem Häftling hat Kommissar Pätzold kein leichtes Spiel.

»Lassen Sie mich doch zufrieden! Ich habe mit dem

Tod meines armen Mannes nichts zu tun!« erklärt Elisabeth Lemke beharrlich.

Nach dem vierten, wiederum ergebnislos verlaufenen Verhör fragt Kommissar Pätzold zum Schluß: »Sagen Sie, Frau Lemke, gehörte die Aktentasche, die Sie bei Ihrer Festnahme bei sich hatten, nicht Ihrem Mann?«

»Nein. ich habe doch schon bei meiner Vernehmung in Angermünde erklärt, daß die Aktentasche meines Mannes von dem Täter geraubt wurde. Die Tasche, die Sie bei mir fanden, sieht so ähnlich aus. Wir hatten jeder eine.«

Während Elisabeth Lemke wieder abgeführt wird, geht Kommissar Pätzold die Aktentasche nicht mehr aus dem Sinn. Ein instinktives Gefühl sagt ihm, daß hier vielleicht der Schlüssel zur Aufklärung des Mordes liegt.

Am nächsten Vormittag werden die beiden Verkäuferinnen aus der Filiale in der Schönhauser Allee vernommen. Die beiden Frauen können nur allgemeine Angaben über den Geschäftsbetrieb Lemkes machen. Da fällt Kommissar Pätzold erneut die Aktentasche ein. Er holt sie hervor und fragt die beiden Verkäuferinnen: »Kennen Sie diese Aktentasche?«

»Ja, natürlich. Das war die Tasche Herrn Lemkes!«

»Frau Lemke behauptet, sie hätte auch so eine Tasche besessen.«

»Wir haben eine solche Tasche niemals bei ihr gesehen.«

Und dann macht eine der Verkäuferinnen noch eine Aussage, die den Kommissar mehr als befriedigt. Sofort nach dem Weggang der beiden Frauen läßt er Elisabeth Lemke vorführen und fragt sie: »Bleiben Sie immer noch dabei, daß diese Tasche nicht Ihrem Mann gehörte?«

»Ja. Das ist meine Tasche.«

»Ist Ihnen bekannt, Frau Lemke, daß eine Ihrer Verkäuferinnen im Sommer dieses Jahres den Auftrag erhielt, in der Tasche Ihres Mannes zwei Flaschen Essigsäure zu holen? Ist Ihnen weiter bekannt, daß Ihrer Angestellten beim Transport eine der Flaschen auslief?«

»Ja, ich kann mich erinnern, daß mir mein Mann davon erzählte.«

Jetzt steht Kommissar Pätzold auf. Während er die auf dem Schreibtisch liegende Tasche ergreift und sie geöffnet Frau Lemke entgegenhält, sagte er mit strenger Stimme: »Hier, riechen Sie! Der Geruch der Essigsäure ist noch heute zu verspüren!«

Entsetzt springt Elisabeth Lemke auf. Mit irren Blicken starrt sie auf die Tasche, dann bricht sie zusammen. Und gesteht ihre Schuld am Tode ihres Mannes ...

»Nun, Herr Degen, was haben Sie jetzt zu sagen?« Prüfend sieht Kommissar Pätzold auf den jungen Verbrecher.

Degen zeigt sich nicht im geringsten beeindruckt. »Na schön, dann sollen Sie alles wissen. Ich habe nur mit Rücksicht auf meine Wirtin Eva Curth geschwiegen. Die hat nämlich Heinrich Lemke ermordet.«

Kommissar Pätzold schweigt. Er läßt zunächst die neueste Aussage Degens protokollieren und setzt sich anschließend sofort mit der Staatsanwaltschaft in Verbindung. Die illegale Westberliner Polizei aber sieht nunmehr ein, daß es für sie keine weitere Möglichkeit gibt, ihre bisherige Haltung in der Angermünder Mordsache beizubehalten. 24 Stunden später sitzt auch Eva Curth im Zimmer von Kommissar Pätzold und legt ein Geständnis ab.

Zwei Tage nach der völligen Aufklärung des Angermünder Raubmordes treffen in der Dircksenstraße die Angehörigen der Berliner Mordkommission zusammen, um den Abschlußbericht Kommissar Pätzolds entgegenzunehmen. Atemlose Stille herrscht, während der erfolgreiche Kriminalist seine Ausführungen beginnt:

»Kollegen! Die Rekonstruktion der gesamten Begleitumstände dieses Falles enthüllt auf Grund der Geständnisse der Täter ein grelles Bild menschlicher Roheit und Verschlagenheit. Bereits in den ersten Tagen ihres Verhältnisses waren sich Elisabeth Lemke und ihr Geliebter darüber einig, daß Heinrich Lemke ihrem sogenannten Glück im Wege stand. Schließlich faßten sie den Plan, den unbequemen Ehemann umzubringen, und Frau Lemke beschaffte zwei Rollen Veronal, mit denen Degen den Mord ausführen sollte. Da die beiden jedoch nicht wußten, wie sie ihrem ausersehenen Opfer die Tabletten eingeben sollten, suchten sie einen anderen Weg.

Elisabeth Lemke, die ihrem Geliebten schon vorher von der Grundstücksangelegenheit Mendelsohn berichtet hatte, machte dann den Vorschlag, ihren Mann durch einen gefälschten Brief in die Zone zu locken und dort zu töten. Die Ausarbeitung des Planes übernahm Degen. Auch für die ersten Vorbereitungen zeichnet er verantwortlich. So fuhr er am 7. Oktober mit Gerling nach Angermünde, ließ dort einen unbeschrifteten Briefumschlag mit einer 24-Pfennigmarke abstempeln – hierüber hat er in seinem Geständnis ausnahmsweise mal die Wahrheit gesagt – und entwarf bei seiner noch am selben Tage erfolgten Rückkehr nach Berlin den gefälschten Brief des Rechtsanwaltes.

Als er dann das Schreiben am Freitag, dem 8. Oktober 1948, Elisabeth Lemke vorlas, war die Frau über die Gerissenheit ihres Geliebten hell begeistert und sagte anerkennend zu ihm: ›Karli, das hast du großartig gemacht!‹

Frau Lemke hatte jetzt die Aufgabe, den Brief in die Postschale ihres Mannes zu schmuggeln. Und es zeugt nur für ihre Gefühlslosigkeit, wenn sie es sogar fertigbrachte, am Tage des geplanten Mordes ihren Mann zur Bahn zu bringen und sich zärtlich von ihm zu verabschieden, obwohl sie ja wußte, daß er seinem sicheren Tode entgegenfuhr!

Degen hatte es nun bis dahin immer geschickt verstanden, jeweils vor der einen seiner Geliebten das Verhältnis mit der anderen zu verbergen. Besonders kam ihm dabei die Vertrauensseligkeit seiner Wirtin Eva Curth entgegen. Diese Frau glaubte einfach alles, was Degen ihr erzählte. Auf dieses Vertrauen bauend, erklärte ihr Degen eines Tages, daß er seine frühere Geliebte, eine gewisse Elisabeth Lemke, wiedergetroffen habe. Diese Frau hätte nun die Wiederaufnahme des alten Verhältnisses verlangt und nach seiner Ablehnung einen Selbstmordversuch begangen, der allerdings mißglückt sei. Degen erzählte weiter, daß Heinrich Lemke, der Ehemann seiner früheren Geliebten, durch den mißglückten Selbstmordversuch Kenntnis von dem ehemaligen Verhältnis erhalten habe. Wörtlich sagte Degen zu Eva Curth: ›Lemke hat mich zum Duell gefordert. Es geht auf Pistolen. Er hat den ersten Schuß und ist als vorzüglicher Schütze bekannt. Er wird mich bestimmt töten. Wenn ich weiter mit dir glücklich zusammenleben soll, muß ich ihn noch vor dem Duell töten. Bitte, hilf mir!‹

Diese phantasiereiche Erzählung wurde von Eva Curth, die Degen völlig hörig war, in allen Einzelheiten geglaubt. Um das angeblich gefährdete Leben ihres Geliebten zu retten, wurde sie zur Mordgehilfin. So war sie es, die Heinrich Lemke als Sekretärin in Angermünde empfing und mit Schnäpsen bewirtete. Degen hatte sich schon vorher durch den Hintereingang des Hotels in das Zimmer geschlichen und hinter dem zur Ausführung der Tat verstellten Sofa verborgen. Während Lemke nichtsahnend einen Likör nach dem anderen trank, kauerte sein Mörder hinter ihm, krampfhaft ein Küchenbeil umklammernd, Eva Curth und Degen tauschten noch mehrmals von Lemke nicht bemerkte Zeichen aus, bis Degen sich schließlich hinter dem Rücken seines Opfers aufrichtete und zuschlug. Unbemerkt konnten dann die Mörder den Tatort verlassen und noch mit dem letzten Zug am selben Abend nach Berlin zurückfahren.

Die von den Hotelangestellten abgegebene Personalbeschreibung der unbekannten Sekretärin paßt eigentlich nicht auf Frau Curth, wenn wir sie uns heute ansehen. Es soll deshalb nicht unerwähnt bleiben, daß Frau Curth für ihre Mordabsicht ganz besondere Vorkehrungen getroffen hatte. Mit einem extra angefertigten modernen Hut, lackierten Fingernägeln und viel Schminke hatte sie ihr Ansehen so verändert, daß selbst ihre näheren Bekannten sie damals, wenn sie an ihr vorübergegangen wären, nicht erkannt hätten.«

Kommissar Pätzold hielt einen Augenblick inne. Jedem einzelnen der vor ihm sitzenden Mitarbeiter in die Augen blickend, sprach er im tiefen Ernst weiter: »Als die Täter merkten, daß wir ihnen auf der Spur waren, bemächtigte sich ihrer eine begreifliche Angst. Bei ihrer Vernehmung durch die illegale Westberliner Polizei – übrigens sahen sich Elisabeth Lemke und Eva Curth damals zum ersten Male – merkten sie dann aber, daß der künstlich gegen uns erzeugte Haß die verantwortlichen Stummpolizisten stärker beherrschte, als das Pflichtbewußtsein, zur Aufklärung eines Mordes beizutragen. Dem sogenannten Alibi, das Frau Curth für Degen bestätigte, wurde ohne weitere Nachprüfung Glauben geschenkt. Ja, man ging sogar so weit, den des Mordes verdächtigen Personen zu erklären: ›Damit Sie Bescheid wissen, die Polizei des Ostsektors und der Ostzone verfolgt Sie wegen der Mordgeschichte in Angermünde. Wir raten Ihnen dringend, nicht mehr den Ostsektor zu betreten! Man würde Sie dort sofort festnehmen!‹

Dieser unglaubliche Vorfall zeigt nicht nur uns, sondern der gesamten Öffentlichkeit, welche verheerenden Folgen für die Sicherheit der Bevölkerung durch die Spaltung der Berliner Polizei bereits eingetreten sind! Eine Wahrheit, die uns dazu Veranlassung geben muß, trotz des offensichtlichen Versagens der westlichen Polizeiorgane noch mehr als bisher unsere Pflicht im Dienste der gesamten Bevölkerung zu erfüllen!«

Die Westberliner Zeitungen haben über die endgültige Aufklärung des Angermünder Raubmordes niemals auch nur eine einzige Zeile veröffentlicht! Der Fall Lemke war für sie nur so lange interessant, als er Gelegenheit zu einer Hetze gegen die Ostzone und gegen die Volkspolizei bot.

1949

Günter Prodöhl

Solange die Spur warm ist ...

Sprechfunkdurchsage des Funkwagens Toni 87 in der Nacht vom 16. zum 17. Februar 1956 gegen 2 Uhr morgens:

In Hausruine am Hackeschen Markt eine fast nackte, nur noch mit Kleiderfetzen und zerrissenem schwarzen Pelzmantel bekleidete, zirka 30 Jahre alte Frau, bewußtlos im Schnee liegend, aufgefunden. Schwere Verletzungen an Kopf und Oberkörper zu erkennen. Identifizierung nicht möglich. Handtasche nicht zu finden. Unbekannte wurde offensichtlich mit einem Mauerstein niedergeschlagen, vergewaltigt und beraubt. Überführung ins Krankenhaus eingeleitet. Übernehmen Tatortsicherung bis Eintreffen von MUK. – Ende.

Für Kommissar Schulz beginnt der Fall wie hundert andere zuvor: Mitten in der Nacht klingelt das Telefon. Mit der linken Hand greift er automatisch nach seinen Sachen, mit der rechten angelt er sich den Hörer vom Nachttisch und knurrt in die Muschel: »Ja doch, ich höre ja, macht doch nicht das ganze Haus rebellisch!«

Zwischen dem Überstreifen von Hose und Hemd drückt er seine Frau wieder in die Kissen zurück. »Bleib liegen, Lisa, sonst wird der Junge wach.«

Dann hört er auch schon, wie unten vor der Haustür der Einsatzwagen vorfährt.

Der Nachtarzt der Unfallstation hebt entsetzt die Hände: »Vernehmen? Um Gottes willen! Die Frau hat eine Schädelbasisfraktur, ist frisch operiert. Lebensgefahr! An eine Vernehmung ist vorläufig überhaupt nicht zu denken, Herr Kommissar!«

So einfach ist der Kommissar nicht abzuwimmeln. Unentwegt redet er auf den Arzt ein: »Ich gehe nicht eher weg, bis ich die Frau gesprochen habe. Wir tappen völlig im dunkeln, wissen nicht einmal, wer sie ist. Sie können sich doch jetzt nicht auf Ihre Krankenhausordnung berufen. Hier ist eins der gemeinsten Verbrechen verübt worden. Sie wissen doch am besten, wie die Frau zugerichtet wurde. Sie tragen die Verantwortung für ihr Leben, schön, wir aber tragen die Verantwortung für die öffentliche Sicherheit. Es muß doch möglich sein, diese Frau, wenn sie zu sich kommen sollte, kurz zu vernehmen.«

Immer wieder schüttelt der Arzt den Kopf, aber schließlich läßt er sich erweichen: »Gut, ich will es auf mich nehmen. Aber nur ganz kurz und nur in meinem Beisein. Beschränken Sie sich auf die wichtigsten Fragen.«

Zwölf Stunden später ist es soweit. Die Schwester winkt ihn ins Zimmer. Auf Zehenspitzen tritt der Kommissar ans Bett heran. Ein Bündel blutdurchtränkten Mull erkennt er, eine Nasenspitze und die Lippen, die sich jetzt kaum merklich bewegen, nach Wasser verlangen.

»Mit wem waren Sie zuletzt zusammen?« Schulz wagt es nicht, laut zu sprechen, so daß der Arzt, der neben dem Bett sitzt und den Puls der Frau kontrolliert, die Frage wiederholt. Vergeblich warten sie auf Antwort.

»Waren Sie in irgendeinem Lokal? Haben Sie Männerbekanntschaften gemacht? Wer sind Sie?«

Geradezu beschwörend stellt Schulz immer wieder die gleichen Fragen, bis der Arzt unwillig den Kopf schüttelt, ihm bedeutet, die Vernehmung abzubrechen.

Plötzlich aber bewegen sich die Lippen schneller. Schulz liest es mehr den Bewegungen ab, als daß er es hört: »Hafeneck.« Und nach einer Pause: »Am Osthafen.«

»Mit wem? Wie hieß der Mann? Kannten Sie ihn?«

Die Fragen überstürzen sich nun, aber eine Antwort kommt nicht mehr. Dann erhebt sich auch der Arzt. »Es hat keinen Sinn mehr. Sie ist schon wieder bewußtlos.«

Auf eine Zigarettenlänge stehen sie draußen noch zusammen. »Hat es sich wenigstens gelohnt, daß Sie sich hier die vielen Stunden um die Ohren gehauen haben? Wird Ihnen der Name der Kneipe weiterhelfen?« fragt der Arzt, nun selbst an der Arbeit des Kommissars interessiert.

Schulz bläst ein paar Rauchringe vor sich hin, zuckt dann mit den Schultern, als wolle er sagen: Wer kann das wissen. Dann antwortet er: »Sehen Sie, ich bin Ihnen hier zwölf Stunden auf den Wecker gefallen, mein Kollege hat inzwischen unzählige Hausbewohner, Kneipiers, Kellner ausgequetscht und sich bei ihnen unbeliebt gemacht, und im Präsidium durchwühlen ein halbes Dutzend andere Genossen Karteien und Akten. Möglich, daß es völlig überflüssig ist, zu dieser Kneipe am Osthafen rauszufahren. Wer soll schon Auskunft geben können über eine Frau, von der ich nicht einmal sagen kann, wie sie aussieht, kein Bild vorlegen kann. Soll ich den Budiker fragen: Kennen Sie eine kleine Frau im schwarzen Pelzmantel, die jetzt aussieht wie eine Mumie aus der Cheopspyramide? – Eins zu hundert steht die Chance. Aber wenn man weiterkommen will, muß man jede Chance ausnutzen. Unser Chef sagt immer: Solange die Spur warm ist, muß man schnuppern. Ich werde eben mal am Osthafen schnuppern. Also, Herr Doktor, nicht böse sein, wenn ich die Besuchszeit überschritten habe, es ging nicht anders.«

Einen Augenblick hält der Arzt die Hand des Kommissars fest und betrachtet den schmalen goldenen Ring: »Familienleben ist wohl auch ein Fremdwort für Sie?«

Schulz lächelt. »Ein ausgesprochener Engpaß sogar, wegen konstanter objektiver Schwierigkeiten. Aber meine Frau hat sich früh daran gewöhnt. Damals, als wir vom Standesamt kamen, war eine Hochzeitskutsche vorgefahren, die ich gar nicht bestellt hatte – der Dienstwagen! Kleiner Doppelmord in Biesdorf, dauerte drei Tage und vier Nächte. Aber wie gesagt, man gewöhnt sich an alles. Und für einen kleinen Manfred hat die Zeit doch noch gereicht. Also nochmals, Herr Doktor, tschüß und herzlichen Dank.«

Der einzige Kellner des Bierrestaurants »Hafeneck« braucht einige Zeit, bis er sich der Gäste des Vortages erinnert: »Warten Sie mal, Herr Inspektor, lassen Se mich mal nachdenken«, beginnt er recht umständlich die Rekonstruktion der Geschehnisse in der Kneipe und kommt erst zu konkreten Erinnerungsbildern, als der Kommissar eine Runde doppelten Spezi in Auftrag gibt.

»Ja, jetzt fällt's mir wieder ein. Da am Tisch vor dem Fenster saß sie, mit dem schwarzen Pelzmantel, und nachher, als es voll wurde, kamen noch drei junge Herren dazu. Aber wie die heißen oder wo die her waren, kann ick Ihnen nu och nich verraten. Die war'n det erstemal in unserem Laden gewesen, genau wie det Fräulein in dem Pelzmantel ...«

Nach einer weiteren Runde Spezi erinnert er sich, wie die jungen Herren aussahen. »Nicht älter als 20 bis 25 Jahre. Na, Sie kenn' ja det halbfertige Gemüse. Der eene blond und bullig, der zweite mittelbraun und murklig und der letzte semmelblond und picklig.«

Schließlich, bei der dritten Lage, überkommt den Kellner die große Erinnerung. Vertraulich beugt er sich zu Schulz hinunter: »Der eine, der blonde Bullige, der dem Mädchen immer auf den Pelz rückte, hieß Rochus mit Vornamen. Als er mir beim Bestellen seinen Ausweis zeigte, war mir das aufgefallen, weil das doch so'n ulkiger Vorname für'n jungen Mann ist. Und da fällt mir auch gleich ein, mit dem Mädchen hat er sich über'n Widder unterhalten. Sie sagte nämlich zu ihm, Widder paßt gut zu 'ner Zwillingsfrau, stand im ›Stern‹, da werden wir uns doch gut verstehen.«

Rochus und Widder! Kommissar Schulz hat eigentlich nur noch mit halbem Ohr zugehört, war mit seinen Gedanken schon ganz woanders, doch jetzt stutzt er. Es sind nicht nur die beiden Namen, die ihn fesseln. Irgendwie spürt er plötzlich: Das kann der Schlüssel des Geheimnisses sein.

Dankbar drückt Schulz nun dem Kellner die Hand, sagt ihm, ehe er zum Ausgang geht, ein paar freundliche Worte, die nochmal das Erinnerungsvermögen des Mannes beflügeln.

»Herr Inspektor, Herr Inspektor ...«, rennt er Schulz in den Vorraum der Kneipe nach, verbessert sich sogar noch, »Herr Kommissar, mein ich natürlich«, und flüstert dann geheimnisvoll: »Mir fällt da noch was ein, der eine von den dreien hat'n Motorrad. So'n uraltes D-Rad mit'n Zündappbeiwagen. Jedenfalls hat er dem Mädchen 'ne Fotografie davon gezeigt, gerade als ich 'ne neue Lage servierte. Vielleicht könn' Se damit was anfangen.«

Auf der Fahrt zum Präsidium kreisen die Gedanken des Kommissars um drei Dinge: um das Sternzeichen Widder, um den seltsamen Vornamen Rochus und um ein uraltes D-Kraftrad mit Zündappbeiwagen.

»Deine Frau hat schon ein paarmal angerufen, Walter. Du möchtest dich doch auch mal wieder bei ihr melden«, empfängt ihn Unterkommissar Brugsch.

»Ach ja, werd ich gleich machen, hab ich ganz vergessen. Aber vorher: Wie weit bist du?«

Brugsch zuckt mit den Schultern. »Das Übliche. Hundert Anfänge des Knäuels, aber noch kein Ende. Um den Tatort liegen im Umkreis von fünf Minuten drei Ballhäuser, zwei Cafés und 17 Kneipen. In ihnen waren nach den oberflächlichen Angaben der Garderobenfrauen Freitag abend 24 Frauen mit schwarzen oder zumindest dunklen Pelzmänteln. Bis zur Polizeistunde haben acht allein und der Rest in Herrenbegleitung die Lokalitäten verlassen. Die Herren befanden sich im Alter zwischen 17 und 60 Jahren, die Frauen ebenfalls. Von den in der Umgebung des Tatortes wohnenden ...«

»Hör auf mit der Statistik«, unterbricht ihn Schulz gereizt, läßt sich in seinen Schreibtischsessel fallen und reibt sich die von der Müdigkeit entzündeten Augen. »Eine Frage nur: War unter den Kavalieren deiner 16 Damen mit Kaninchenpelz ein etwa 20 bis 25 Jahre alter Bursche, der entweder semmelblond und picklig oder mittelbraun und murklig oder blond und bullig aussah?«

Brugsch blättert wortlos in seinem Notizbuch und stellt nach einer Weile sachlich fest: »Möglich, hier, in Tante Friedas Ballhaus, war gegen halb zehn ein

Pärchen aufgekreuzt, bei dem deine Beschreibung hinhauen könnte. Er war etwa 23, blond und sah aus wie ein Boxer. Sie trug einen schwarzen Pelzmantel und war erheblich angetrunken. Leider hat die Garderobenfrau nicht gesehen, wann sie gegangen sind. Aber das ließe sich sicher noch ermitteln.«

Schulz winkt ab: »Hat noch Zeit, erst was anderes. Hast du schon geschlafen?«

»Ja, zwei Stunden, ehe du kamst, im Sessel.«

»Sehr schön, dann kannst du weitermachen. Paß auf: An alle Reviere, ABV's und Funkwagen. Sonderfahndung nach uraltem D-Motorrad mit Zündappbeiwagen. Garage und Standort ermitteln, Fahrzeughalter feststellen und vorläufig festnehmen, sofort herschaffen. Ferner: Aus der Einwohnermeldekartei ist ein 20 bis 25 Jahre alter Mann mit Vornamen Rochus, geboren unter dem Sternzeichen Widder, herauszufinden. Erkundige dich am besten bei den Sekretärinnen, welcher Monat da in Frage kommt, die wissen mit der Astrologie besser Bescheid als wir. So, und bis dahin hau ich mich hin, hänge bitte das Sitzungsschild an die Zimmertür.«

Zwei Stunden später führen zwei Volkspolizisten den zwanzigjährigen semmelblonden Werner F., Fahrzeughalter des D-Motorrads mit Zündappbeiwagen ins Zimmer. Eingeschüchtert von der überraschenden Festnahme, beginnt er zu weinen. Doch vergeblich warten Schulz und Brugsch auf ein Geständnis.

»Ja, ich war mit meinem Freund Fredi Freitag abend im ›Hafeneck‹. Wir saßen auch an dem Tisch, an dem die Frau mit dem Pelzmantel war. Ja, mein Freund ist mittelblond und murklig. Er wohnt bei mir im Nebenhaus. Nein, den Blonden kenne ich nicht. Er saß schon an dem Tisch, als wir ins Lokal kamen. Wir sind ins Gespräch gekommen, auch zusammen aus dem Lokal gegangen. Draußen ist er dann mit dem Mädchen allein weitergezogen, wir sind nach Hause gegangen.«

Das ist alles, was aus ihm herauszubekommen ist. Schulz hat eigentlich nicht das Gefühl, daß er lügt, dennoch kann er ihn jetzt nicht laufen lassen. Er könnte die anderen beiden warnen, überlegt er, als das Telefon klingelt.

»Einwohnermeldekartei«, flüstert er Brugsch schnell zu und notiert auf einem Zettel: »Rochus Gebhardt, geboren 21.3.32, Köpenick, Xstraße, wiederholt vorbestraft wegen Körperverletzung und Einbruchdiebstahls.«

Seit Schulz und Brugsch bei der MUK sind, fährt VP-Meister Otto sie zu den Einsätzen. Zu jeder Tages- und Nachtzeit, aber nie, ohne ihnen wie ein besorgter Vater mit Ratschlägen und Mahnungen den Weg zu pflastern. »Kinderchen, seid hübsch vorsichtig. Man weiß nie, wen man vor sich hat. Als Krankenwagenfahrer bin ich untauglich, ich kann nun mal den Karbolgeruch nicht vertragen. Gelt, seid schön vorsichtig, daß ich nachher kein' Kummer mit euch habe.«

Vor dem Hause angekommen, steigt er mit aus. »Ich muß mir in der Zwischenzeit die Beine vertreten, da drin halt ich das nicht aus. Ich bin immer so aufgeregt.«

Der junge Mann, der die Tür mit dem Schild »Gebhardt« öffnet, ist nicht sehr groß, aber ungemein kräftig gewachsen. Als er die braune Metallplakette der Kriminalpolizei sieht, zuckt er zusammen, tritt aber wortlos in den Korridor zurück und sagt: »Bitte, treten Sie näher.«

Hinten am Ende des Korridors öffnet sich eine Zimmertür, eine zierliche junge Frau steht auf der Schwelle, fragt unsicher: »Was ist denn, Rochi?«

Ohne sich umzudrehen, kommandiert Gebhardt: »Bleib im Zimmer, das ist hier nichts für dich.«

Sofort schließt sich hinten auch die Tür. Wesentlich freundlicher fragt Gebhardt nun: »Sie wünschen von mir?«

»Eine Auskunft, was Sie in der Nacht vom Freitag zum Sonnabend gemacht, beziehungsweise, wo Sie sich aufgehalten haben«, sagt Schulz sehr kurz, beinahe unfreundlich. Das überhebliche Verhalten dieses Burschen gefält ihm nicht.

»Zu Hause war ich, bei meiner Frau. Das heißt, genau gesagt, ab halb elf. Vorher bin ich ein bißchen versackt. Meine Frau wird Ihnen das bestätigen können.« Ruhig, ohne erkennbare Erregung sagt Gebhardt das und ruft auch schon nach seiner Frau. Sofort öffnet sich wieder die Tür. »Ja, Rochi!«

»Sag doch mal den Herren, wann ich gestern zu Hause war.«

»Genau zwanzig nach zehn, die Sportnachrichten waren gerade zu Ende, und sie sagten im Radio die Zeit an, als du geklingelt hast.«

Brugsch wirft Schulz einen Blick zu, der andeuten soll: das widerlege denen erst mal, und sagt dann zu Gebhardt: »Und wo waren Sie vorher? Wo sind Sie versackt? Wollen Sie damit andeuten, daß Sie so betrunken waren, daß Sie sich an nichts mehr erinnern können?« Schärfer als beabsichtigt kommen die letzten Worte, und eine lauernde Spannung schwingt in ihnen nach.

Sekundenlang ist es ganz still zwischen den dreien, und nur das leise Geräusch der Atemzüge ist zu hören. Ganz unerwartet beginnt dann Gebhardt zu lächeln, legt den Zeigefinger auf seine Lippen, flüstert »pst« und deutet zur Küchentür. Nachdem er die Tür sorgsam geschlossen hat, sagt Gebhardt halblaut, aber noch immer lächelnd: »Meine Frau braucht das jetzt nicht zu hören. Sie verstehen, ich hab nämlich 'nen kleinen Schwubber gemacht. In so 'ner Kneipe am Osthafen lernte ich ein Mädchen kennen. Die hatte es wohl auf mich abgesehen. Sie spendierte eine Lage nach der anderen, und später fing sie mit Astrologie an, erzählte mir immer, Zwilling und Widder passen so gut zusammen. Na schön, ich hab sie in dem Glauben gelassen und bin dann noch mit ihr durch ein paar andere Lokale gezogen. Zum Schluß landeten wir in solch komischem Ballhaus am Hackeschen Markt. Sie war aber schon so voll, daß man sich mit ihr blamierte. Außerdem mußte ich ja nach Hause, meine Frau wartete. Als sie zur Toilette ging, habe ich schnell die Kurve gekratzt und bin nach Hause gefahren. Das andere haben Sie schon gehört. Aber, bitte, verraten Sie mich nicht, meine Frau kann ein Biest sein. Aber was anderes: Sie kommen wohl zu mir, weil die Kleine die Zeche nicht bezahlt hat? Na schön, ich werde das regulieren. Aber bitte nicht jetzt, haben Sie Verständnis für meine Situation. Ich verspreche Ihnen, daß ich das klarmache.«

Schulz und Brugsch hat es die Sprache verschlagen. Die Enttäuschung ist ihnen an der Nasenspitze abzulesen. Alles war umsonst gewesen. Das ganze so mühsam zusammengetragene Indiziengebäude hat dieser Mann mit ein paar Worten zum Einsturz gebracht. Schulz macht sich nicht mehr die Mühe, noch abzuwägen, ob die Erzählung über den Ablauf des Abends stimmt oder erlogen ist. Sie läßt sich nicht widerlegen, daran ist nicht vorbeizukommen. Aber aufgeben will er nicht. Eine letzte Möglichkeit sieht er noch. Die Gegenüberstellung mit der bewußtlosen Frau im Krankenhaus. Ein Bluff, eine Überrumpelung, nicht mehr, aber er ist bereit, alles zu versuchen. Freundlich sagt er:

»Dankeschön für Ihre Auskunft, Herr Gebhardt. Ich habe keinen Anlaß an Ihren Worten zu zweifeln, deshalb möchte ich Sie auch bitten, kommen Sie gleich mit ins Präsidium, dann können wir das Protokoll anfertigen, und die Sache ist für Sie erledigt.«

Als der Wagen durch das Portal des Krankenhauses fährt, zuckt Gebhardt zusammen, reckt sich aus dem Polster und schimpft: »Das ist eine Unverschamtheit von Ihnen. Was soll denn das? Ich hab doch keine Lust, am Sonnabendabend mit Ihnen spazierenzufahren. Unerhörte Behandlung.«

»Eine Formalität nur, Herr Gebhardt. Ich vergaß vorhin, Ihnen zu sagen, daß Ihre Dame von Freitagabend nicht die Zeche geprellt hat, sondern Opfer eines Notzuchtverbrechens geworden ist. In Ihrem Interesse wird es liegen, daß Sie nicht als Täter verdächtigt werden. Schon wegen Ihrer eifersüchtigen Frau. Wir werden Sie jetzt kurz der Überfallenen gegenüberstellen, um auch die letzten Zweifel an Ihrer Unschuld zu beseitigen.«

Stumm, als habe er die letzten Sätze überhaupt nicht gehört, geht Gebhardt zwischen den Kriminalpolizisten die Treppe zur Chirurgischen Abteilung hoch, doch mit jeder Stufe wird er langsamer, und als sie den Gang betreten, der an den Krankenzimmern vorbeiführt, bleibt er plötzlich stehen.

Sofort faßt ihn Brugsch beim Arm und zieht ihn weiter.

»So ein junger Mensch wie Sie und keine Puste mehr«, sagt Schulz mit freundlicher Ironie und sieht, wie Gebhardt die Schweißperlen auf der Stirn stehen. Bis zum nächsten Quergang trottet er wortlos mit, dann ist er mit seiner Nervenkraft am Ende. »Herr Kommissar«, wie ein Aufschrei hört sich das auf dem langen Korridor an.

Doch Gebhardt kommt nicht mehr dazu, weiterzusprechen. Aus einem Zimmer tritt der Stationsarzt, erkennt den Kommissar und sagt, ohne sich unterbrechen zu lassen: »Überall versuch ich schon, Sie zu erreichen. Gut, daß ich Sie hier treffe. Die Frau ist vor einer Stunde gestorben!«

Zu spät hat Schulz den Finger auf die Lippen gelegt.

»Nu versteh ick gar nichts mehr«, brummt Fahrer Otto, als Gebhardt vor seiner Haustür wieder abgesetzt wird und Kommissar Schulz sich bei ihm auch noch entschuldigt. Als will er seiner Enttäuschung hörbaren Ausdruck geben, läßt er den Motor aufheulen, ehe er anfährt. »Erst ist alles geklärt, und nun bringt ihr den Burschen höchstpersönlich wieder nach Hause? Soll det 'ne neue Strategie sein? Ich denke, er ist überführt gewesen?«

Schulz kann jetzt nicht mehr an sich halten. »Überführt? Nichts ist er! Die einzige Zeugin, die ihn belasten konnte, ist vor einer Stunde gestorben, und eine Sekunde vor seinem Geständnis verrät ihm das der Arzt. Für einen eventuellen Indizienbeweis besitzt er ein zu gutes Alibi. Seine Frau bestätigt ihm, daß er um zwanzig Minuten nach zehn Uhr zu Hause war, da mach was gegen!«

»Moment«, sagt jetzt Otto nur, bremst, wendet den Wagen und fährt zurück. »Sofort holt ihr den Knaben wieder runter, ehe er endgültig eine Fliege macht. Von wegen um zwanzig nach zehn zu Hause gewesen. Da hat euch die liebe Frau Gebhardt vielleicht einen Bonbon ans Hemd geklebt. Als sie euch das Märchen auftischte, hab ich mir doch ein bißchen die Beine vertreten und mich dabei mit so 'ner alten Dame aus dem Hause unterhalten, die Paterre aus dem Fenster sah. Die hat mir 'ne ganze Menge über die Familie Gebhardt erzählt. Zum Beispiel, daß er jeden zweiten Abend besoffen nach Hause kommt, seine Alte verdrischt und manchmal sogar noch 'ne Freundin mitbringt. Freitag war wieder so 'n Theater gewesen. Bis ein Uhr hatte die Frau ihren Mann in sämtlichen umliegenden Kneipen gesucht. Um zwei Uhr kam er glücklich und zerhackte die Kommode, als sie ihm den Marsch blasen wollte. Dabei wird er ihr auch gleich eingebleut haben, daß er um halb elf zu Hause war ...«

Wieder vertritt sich Otto die Beine, als Brugsch und Schulz zum zweiten Male ins Haus gehen, um Gebhardt festzunehmen. Zufällig lehnt er am Gitter des Vorgartens, betrachtet ahnungslos den Nachthimmel und sieht plötzlich, wie aus der Dunkelheit etwas Weißes herunterschwebt. Kein Schnee, sondern ein Taschentuch mit großen, trockenen Blutflecken, wie unter der nächsten Laterne zu erkennen ist. Auch nicht aus heiterem Himmel kommt es geflogen, sondern vom Balkon der Gebhardtschen Wohnung im dritten Stock, geworfen von Rochus Gebhardt in dem Augenblick, als Kommissar Schulz und Unterkommissar Brugsch zum zweiten Male und diesmal mit entsicherten Pistolen an der Wohnungstür klingeln.

1956

Wolfgang Neuhaus

Die Raritäten des Herrn Zaprock

Auf den ersten Blick sah ich, daß es Zaprock war, der vor mir lag. Straßenbauarbeiter hatten ihn aus der Pleiße gefischt, als er an einem Wehr hängenblieb. Hier in der Nähe der Landwirtschaftsausstellung ist der Fluß ziemlich reißend, von violetter Farbe und verbreitet einen üblen Geruch. So ähnlich wie der Fluß sah auch der Tote aus. Er mußte mindestens zwei Tage im Wasser gelegen haben, und das bei einer Temperatur von vierunddreißig Grad im Schatten.

Noch während ihn der Arzt untersuchte, sprach Oberleutnant Lauckner mit den Straßenarbeitern. Oberwachtmeister Krampe stand neben dem Kriminaltechniker, und der Fotograf wartete auf Arbeit. Ich ging hin und her, rauchte dabei und fragte mich, wie der Briefmarkenhändler Guido Zaprock in die Pleiße kam. Vermutlich ein Unfall. Ich wußte, daß der Alte hin und wieder gern einen über den Durst trank, und wenn ich an das ungarische Restaurant auf dem Ausstellungsgelände dachte, wo es echten Tokayer gab, konnte es schon sein, daß Zaprock im Rausch in den Fluß gefallen war. Wer sollte denn ein

Interesse daran haben, den harmlosen Briefmarkenhändler umzubringen?

Der Arzt bestätigte meine Vermutung. »Wahrscheinlich ein Unfall«, sagte er, »die Schürfspuren am Kopf und an den Händen sind noch verhältnismäßig frisch. Die hat er sich im Wasser geholt. Andere Verletzungen sind nicht festzustellen.«

»Und die Unfallzeit?« fragte ich gewohnheitsmäßig.

Der Arzt kratzte sich nachdenklich am Kinn. »Ich schätze, vorgestern zwischen zweiundzwanzig und dreiundzwanzig Uhr.« Er tippte grüßend an den Hut. »Wir sehen uns ja noch bei der Sektion.«

Nachdem der Kriminaltechniker mit seiner Arbeit fertig war und an Oberwachtmeister Krampe die Utensilien des Toten übergeben hatte, machte der Fotograf seine Aufnahmen. Dann ließ ich den Leichnam wegbringen und sah dem Sanka nach, der sich schnell entfernte, eine Wolke trockenen Staubes hinter sich herziehend. Armer Zaprock. Das fährst du nun dahin, und dein Leben ist ausgelöscht, und was du zurückläßt, ist ein leerstehender Briefmarkenladen. Ob Zaprock Verwandte hatte, wußte ich nicht.

Seit drei Jahren war ich sein Stammkunde, damals begann ich Weltraummotive zu sammeln, obwohl ich früher nie ein Briefmarkenfanatiker gewesen bin.

Oberleutnant Lauckner trat heran und riß mich aus meinen Gedanken. »Genosse Hauptmann«, meldete er, »die Arbeiter haben heute morgen den Leichnam am Wehr entdeckt und herausgezogen. Danach haben sie die Polizei verständigt. Besondere Beobachtungen gab es keine.«

»Danke.« Ich nickte. »Fahren wir zurück ins Präsidium.«

Im Wagen dachte ich daran, daß von Zaprock nichts weiter bleiben würde als ein Bericht, der nach einigen Tagen ins Archiv wanderte, um dort zu verstauben. Das heißt natürlich, falls sich nicht noch etwas herausstellte ... Aber was sollte sich denn noch herausstellen? Die Sektion wird nichts ergeben und die Überprüfung seines kleinen Ladens mit der anschließenden Wohnung dahinter auch nicht. Was jetzt kam, war nichts weiter als eine Routineangelegenheit, die wir von der Mord- und Unfalluntersuchungskommission, gewohnt sind. Nur ich würde mich nach einem anderen Briefmarkenhändler umsehen müssen.

Mit dem Sammeln war das so eine Sache. Mein Freund Karel in Prag, ein tschechischer Kollege, mit dem ich zusammen vor drei Jahren einen höchst verwickelten Fall klärte, hatte es mir beigebracht. Zuerst hatte mich seine Leidenschaft, mit der hinter diesen bunten Bildern aus aller Welt her war, nur amüsiert, und ich begriff einfach nicht, wie man sein Herz an Briefmarken hängen konnte. Aber als er mir dann seine Palästina-Sammlung zeigte, mit der er einige Medaillen auf internationalen Ausstellungen erworben hatte, begriff ich, daß diese buntbedruckten Marken, die Fehldrucke und Abarten, mehr sind als nur ein zeitraubendes und kostspieliges Hobby. An ihnen läßt sich die Geschichte eines ganzen Landes ablesen. Mit Hilfe von Karel begann ich meine Weltraummotivsammlung aufzubauen, und so wurde Zaprock mein Briefmarkenhändler, der mir übrigens den Haiti-Block billig überlassen hat.

In meinem Büro breitete ich die Utensilien des Toten auf meinem Schreibtisch aus. Viel war es nicht, was er bei sich getragen hatte: ein Taschentuch, ein Schlüsselbund, den noch einigermaßen leserlichen Sammlerausweis des Deutschen Kulturbundes. Das erstaunte mich nicht, gewöhnlich sind Briefmarkenhändler zugleich auch selbst Sammler. Schließlich noch einen Kugelschreiber, etwas Kleingeld, ein

Feuerzeug und eine völlig aufgeweichte Zigarettenschachtel Marke »Juwel«, endlich die Brieftasche. Der Personalausweis war verklebt, das Geld, ungefähr sechzig Mark, durchnäßt und kaum noch zu erkennen, das Foto einer etwa dreißigjährigen Frau war einigermaßen erhalten geblieben. Dann fand ich noch eine kleine, luftdicht abgeschlossene Plastetüte. Neugierig machte ich sie auf.

Was ich jetzt sah, verschlug mir die Sprache. Vor mir lagen zehn postfrische Kleinbogen der Luxemburg-Europa, der Satz zu drei Stück, die im Lipsia-Katalog unter den Nummern 555, 556 und 557 angegeben sind.

Ich rief Lauckner. »Sehen Sie sich das einmal an, Genosse Oberleutnant«, sagte ich und deutete auf den Schatz vor mir.

Lauckner zuckte die Schultern. »Briefmarken.« Er legte alle Verachtung in seine Stimme, und da er nicht wußte, daß ich sammelte, fügte er noch hinzu: »Etwas für Kinder und Narren.«

Ich überhörte den letzten Satz. »Immerhin war der Tote Briefmarkenhändler«, sagte ich.

Jetzt steckte Oberwachtmeister Krampe seine Nase durch die Zimmertür. »Ich höre immer Briefmarken!« Er kam unaufgefordert näher, warf einen Blick auf die Papierbilder, holte tief Luft, und dann entfuhr es ihm völlig unvorschriftsmäßig: »Mensch, die Luxemburg-Europa-Marken. Und das in Bogen!«

Sieh mal an, dachte ich, der Krampe ist schon über fünfzig und sammelt auch. Das ist ja interessant. Der Oberwachtmeister hatte sich wieder in der Gewalt. Um seinen Fehler von vorhin gutzumachen, fragte er einigermaßen korrekt: »Wo haben Sie die denn her, Genosse Hauptmann?«

Ich schwieg zunächst und sah nur Lauckner an, der nichts von Briefmarken verstand und für den Sammler Narren oder Kinder sind. Na, dem würde ich es aber geben. Lauckner ging zum Fenster, öffnete es und sagte ruhig: »Hier stinkt's nach Pleiße.«

Das war zuviel. »Diese Marken, Genosse Oberleutnant«, dozierte ich »sind im Lipsia-Katalog von 1963 für einen postfrischen Satz mit einem Katalogpreis von fünfundsechzig Mark angegeben.«

»Ein Jahr später«, ergänzte Krampe, »betrug der Preis im gleichen Katalog bereits zweihundertfünfzig Mark.«

»Und heute«, fuhr ich fort und dehnte meine Worte absichtlich lang, »kostet der gleiche postfrische Satz bereits vierhundertfünfundsiebzig Mark.«

»Im Katalog.« Diesmal war Krampe wieder an der Reihe. Uns machte es Freude, dem Oberleutnant Zunder zu geben. »Aber für dieses Geld bekommen Sie die Marken nicht.«

»Der Satz ist ziemlich selten«, fiel ich ein.

»Im vergangenen Jahr wurde er auf einer Auktion angeboten ...«

»Ach nee«, rutschte es mir heraus, »wo denn?«

»In Berlin. Wissen Sie, was er gebracht hat?«

Ich schüttelte den Kopf.

»Zwölfhundert!« Krampe triumphierte. »Wehberg hat ihn übrigens auch«, fuhr er fort, »Sie kennen doch die Briefmarkenhandlung?« Da ich nickte, erzählte er weiter. »Er verkaufte ihn für achthundert Mark. Tja, da konnte Zaprock nicht mit. Wehberg hat die stabilsten Preise.«

»Und Homann«, ergänzte ich.

Diesmal lächelte Krampe. »Kein Wunder, Homann ist ja Wehbergs Schwager.«

Das wußte ich noch nicht, auch nicht, daß Krampe Zaprock gekannt hatte. Aber ich sagte nichts und sah Lauckner wegen seiner Unkenntnis strafend an, wobei mir wieder die Narren und Kinder einfielen. Doch der Oberleutnant gab sich noch nicht geschlagen. »Ich wüßte nicht«, knurrte er mißmutig,

»was diese ... Marken da mit dem Unglück zu tun haben.«

»Diese Bogen«, verbesserte ich ihn, »sind sehr wertvoll und selten. Legen wir den Verkaufspreis der Briefmarkenhandlung Wehberg zugrunde, dann beträgt die Summe immerhin runde sechzehntausend Mark. Würden Sie vielleicht mit sechzehntausend Mark in der Tasche seelenruhig auf der Landwirtschaftsausstellung herumspazieren und sich dabei noch einen andudeln?« Und da Lauckner nicht antwortete, schloß ich: »Na, also!«

In der Tat: Was hatte Zaprock mit diesen Marken auf der Ausstellung zu suchen? Er war Händler und kannte nicht nur ihren Preis, sondern auch den Seltenheitswert. Jeder Sammler wäre froh über den Besitz eines solchen Satzes gewesen, hätte ihn sicher verwahrt und niemals abgegeben. Zaprock besaß diesen Satz in Kleinbogen, den andere Händler, wenn sie ihn überhaupt haben, höchstens ein- oder zweimal besitzen. Wahrscheinlich war Zaprock der einzige Briefmarkenhändler der DDR, der zehn Kleinbogen dieser Luxemburg-Europa-Marken besaß. Er hätte jetzt die Preise diktieren können. War das vielleicht der Grund des »Unfalls«? Und wo hatte Zaprock die Marken überhaupt her? Unmöglich, daß er sie bei einzelnen Händlern aufgekauft hatte. Sollte vielleicht hinter dem bedauerlichen Unglücksfall mehr stecken, als wir am Anfang vermutet hatten?

Ich sah mir den Plastebeutel genau an. Gewöhnlich bekam man an den Sammlerschaltern der Post Papiertüten ausgehändigt, in die man die gekauften Briefmarken verstauen konnte, Händler benutzten Zellophantaschen, aber eine wasserdichte Plastetüte hatte ich noch nirgends gesehen. Sie war praktisch, undurchsichtig, von weißer Farbe, und wenn man sie luftdicht verschließen wollte, brauchte man nur den oberen Rand anzufeuchten und zusammendrücken. Die Herstellerfirma war leider nicht aufgedruckt. Auch Krampe hatte den Beutel nirgendwo gesehen. »Ein Fabrikat der DDR scheint es nicht zu sein«, meinte er. Ich überlegte eine Weile und griff dann zum Telefon, um Rudi anzurufen. Rudi Kastler war Oberkommissar beim Binenzoll, von dem wir manchmal Informationen bekamen. Ich tat es nicht gern, denn immer, wenn wir miteinander sprachen, redet er mich mit »alter Schmuggler« an. Dabei ist diese Geschichte längst vergessen. ich habe nämlich in Ungarn einen Tauschpartner. Als dort der Sonderblock XXXI zum ersten Jahrestag des ersten Weltraumfluges eines Menschen erschien, frankierte ich meinen Brief mit unserem Kosmonautenblock und bat meinen Partner, mir den XXXIer-Block zu schicken. Da ich ihm außerdem für den Satz »Vom Ikarus zur Weltraumrakete« noch einige Marken schuldig war, klebte ich den DDR-Satz German Titow mit darauf. Dadurch war mein Brief überfrankiert. Irgendein Zollangestellter fragte bei Rudi an, ob eine Überfrankatur gestattet sei. Auf diese Weise kam Rudi dahinter. Selbstverständlich ist eine Überfrankatur keine strafbare Handlung, da es sich um gültige Postwertzeichen handelt. Rudi aber hatte nun einmal seine Freude an dem »alten Schmuggler«.

Knapp eine Viertelstunde später saßen wir uns gegenüber. Rudi hatte vorgesorgt, auf dem Tisch standen ein Kännchen Kaffee und zwei Tassen. Die Fenster seines Dienstzimmers waren weit geöffnet, der warme Sommerwind wehte herein. Der starke heiße Kaffee tat mir gut, ich streckte die Beine unter dem Tisch aus, und nachdem wir eine Weile über alles mögliche geredet hatten, legte ich den Plastebeutel aus Zaprocks Brieftasche auf den Tisch.

Rudi betrachtete ihn aufmerksam und gab ihn mir

zurück. »Von Oreck aus Braunschweig«, sagte er. »Eine Neuentwicklung der weltbekannten Briefmarkenhandlung Oreck. Seit etwa einem halben Jahr im Handel, luft- und wasserdicht abgeschlossen. Wurde damals mit großem Geschrei in der westdeutschen Sammlerzeitung angepriesen. Wenn du das genaue Datum brauchst, sehe ich gleich nach.«

»Nicht nötig.« Ich winkte ab und trank einen Schluck Kaffee. Rudi war die Briefmarkenkapazität des Zolls, gegen ihn war ich ein Waisenknabe. Da der Schmuggel mit Briefmarken nach dem 13. August angestiegen ist, hatte Rudi im Laufe der Zeit seine Fähigkeiten so weit entwickelt, daß er in allen Katalogen und Fachzeitschriften der Welt zu Hause war. Er ging mit der Quarzlampe um und mit dem Wasserzeichensucher wie ein Ingenieur mit dem Rechenschieber, und obwohl er keine Zulassung als amtlicher Prüfer besaß, konnte man seinem Urteil über die Echtheit einer Marke genauso vertrauen, als sei es von Fläschendräger oder Starauschek, die immerhin international anerkannt sind. Dabei sammelt er nicht einmal.

»Die Briefmarkenhandlung Oreck wurde 1893 gegründet«, erzählte er weiter. »Am ersten September 1910 gab der Gründer der Firma, Richard Oreck, erstmalig die sogenannten Oreck-Alben heraus, Vordrucke also, in die dann die Marken geklebt wurden. Damals bestand die Philatelie erst sechzig Jahre, und noch heute sind die Oreck-Alben in Westeuropa beliebt, obwohl unsere Schaubeck-Alben durchaus gleichwertig sind.«

Schön, der Beutel war ein westdeutsches Fabrikat, damit wußte ich, woher er stammte, aber noch nicht, wie er in Zaprocks Brieftasche gekommen war. So sagte ich, wie nebenbei: »In diesem Beutel befanden sich zwanzig Sätze der Luxemburg-Europa!«

»Lipsi 555, 556 und 557?« fragte er zurück, denn

es gibt noch andere Europa-Marken aus Luxemburg, die nicht so wertvoll sind.

»Ja.«

Rudi reichte mir die geöffnete Zigarettenschachtel, und als wir rauchten, sagte er: »Es gibt Anzeichen dafür, daß in der letzten Zeit mehr Briefmarken illegal eingeführt werden, als uns guttut. Nach wie vor sind Briefmarken das beste Devisengeschäft für jeden, der den Wert der Marken kennt. Neulich las ich in der Zeitung, daß der Ungarnblock XXXI, also der Weltraumblock I Ungarns, mit einhundertvierzig Mark verkauft wird, wenn er gestempelt ist. Bei Erscheinen kostete dieser Block zehn Forint. Ein Ungar brauchte nur für hundert Forint zehn Blocks zu kaufen, heute bekommt er bei uns eintausendvierhundert Mark dafür.« Er rührte in seinem Kaffee und fuhr fort: »Ich wollte dir damit nur sagen, wie ernst die Lage ist. Bei uns ist der Außenhandel mit Briefmarken Monopol des Staates, und da sich unser Außenhandel auf den Volkswirtschaftsplan aufbaut, also planmäßig abwickelt, unterliegen auch Ex- und Import von Briefmarken der Planung. Die entsprechenden Devisen sind natürlich im Außenhandelsplan vorgesehen.«

»Völlig klar«, bestätigte ich.

»Wenn nun Lipsia-Werte von einigen Millionen Devisen plötzlich illegal auftauchen oder verschwinden, was geschieht dann?«

»Dann kommt der Devisenplan des Außenhandels durcheinander.«

Rudi nickte. »Wir vermuten, daß ganze Banden existieren, die mit Briefmarken schieben und alle erdenklichen Schmuggelwege benutzen. Daher haben wir jetzt unter meiner Leitung Expertengruppen gebildet und die Kontrollen verschärft, um einige Fäden in die Hand zu bekommen. Wir stehen noch ganz am Anfang, viel haben wir noch nicht erreicht.«

Er blies den Rauch seiner Zigarette durch die Nase. »Eines aber wissen wir. Auch private Briefmarkenhändler führen einen außergewöhnlich hohen Auslandsfrankaturtausch, mir ist noch ein Name in Erinnerung: Guido Zaprock. Du kennst ihn ja.«

»Zaprock ist tot«, sagte ich. »Schon seit zwei Tagen.«

Nachdenklich fuhr ich zur Sektion, und als ich wieder in meinem Dienstzimmer stand, hatte ich zwei doppelte Edel bitter nötig. Ich hatte vorsichtshalber die Flasche schon kalt gestellt. Während ich trank, blickten meine Mitarbeiter wie gewöhnlich diskret zum Fenster hinaus. Und wie sonst schüttelte ich mich und sagte den überflüssigen Satz: »Ich kann mich eben immer noch nicht daran gewöhnen. Einfach scheußlich, so etwas.« Nach einer Weile fuhr ich fort: »Das ärztliche Gutachten sagt uns nicht viel mehr, als wir schon wissen. Zaprock ist ertrunken. Im Magen fanden sich Speisereste und Alkohol, genauer gesagt – 2,8 Promille. Er muß also an der Grenze der Volltrunkenheit gewesen sein. Natürlich ist durchaus möglich, daß er von selbst in den Fluß gestürzt ist. Ich neige aber vielmehr zu der Ansicht, daß ihn jemand hineingestoßen hat.«

Erst jetzt bemerkte ich, daß Oberleutnant Lauckner den neuen Lipsia-Permanentkatalog vor sich liegen hatte. Er schien also Fortschritte zu machen.

»Ich neige deshalb zu der Ansicht, weil der Schmuggel mit Briefmarken als nutzbringendes Devisengeschäft in der letzten Zeit gestiegen ist, weil sich kein normaler Mensch mit solchen wertvollen Marken in der Tasche von selbst betrinkt, es sei denn, er ist bewußt betrunken gemacht worden. Im übrigen ist der Plastebeutel, worin sich die Marken befanden, eine Entwicklung der westdeutschen Briefmarkenhandlung Oreck.«

»Aha«, machte Krampe.

»Abgesehen von den Sehenswürdigkeiten unserer Stadt, die Anziehungspunkte für viele ausländische Touristen sind«, sprach ich weiter, »ist sie Mittelpunkt bedeutender internationaler Ereignisse, wie der Messe oder gegenwärtig der Landwirtschaftsausstellung. Ich halte es für möglich, daß diese Ereignisse von Briefmarkenschmugglern mißbraucht werden. Da Zaprocks Leiche in der Nähe des Ausstellungsgeländes gefunden wurde, liegt der Verdacht auf der Hand, daß sich Zaprock dort mit einem Lieferanten getroffen hat – mit jenem Mann also, der ihm die Sätze der Luxemburg-Europa in dem westdeutschen Plastebeutel verkauft hat. Natürlich ist das alles nur eine Vermutung.«

»Und das Motiv?« fragte Lauckner. »Was soll das Motiv der Tat sein?«

Ich zuckte die Schultern. »Das weiß ich auch nicht. Aber vielleicht wissen wir mehr, wenn wir uns Zaprocks Laden angesehen haben.«

Zaprocks Briefmarkenhandlung lag in einer der vekehrsreichen Nebenstraßen der Innstadt. Sie hatte nur ein Schaufenster, das mit einem Sonnenschutz versehen und wie die Eingangstür mit eisernen Gittern gesichert wurde. Obwohl der Laden seit zwei Tagen geschlossen war, hatte sich bisher noch niemand über den Grund erkundigt, und mich wunderte, daß es die Hausbewohner so stillschweigend und sorglos hinnahmen.

Wir betraten das Geschäft durch das Treppenhaus. Einer der bei dem Toten gefundenen Schlüssel paßte. Wir standen in einem Flur von etwa sechs Quadratmetern, die Tür linker Hand führte ins Bad, eine daneben ging in einen kleinen Raum, worin sich ein Bett, ein Kleiderschrank und eine Anrichte befanden. Offensichtlich war es Zaprocks Schlafzimmer gewesen. Erst die letzte Tür führte in den Wohnraum, an den der Laden grenzte. Das Zimmer war aufgeräumt und sauber, an den Fenstern, die zum Hof führten, standen Blumentöpfe. Obwohl der Raum nicht mit übermäßiger Eleganz ausgestattet war, wirkte er doch behaglich und bequem.

Wir hatten uns kaum umgesehen, da klingelte es. Im Treppenhaus stand eine kleine korpulente Frau in einer Kleiderschürze. Sie hielt einen Besen aufrecht in der Hand wie ein Grenadier die Fahnenstange. Neben ihr stand ein voller Wassereimer. Als sie mich sah, stammelte sie erschrocken: »Ach, entschuldigen Sie ... Ich dachte, es wäre Herr Zaprock.« Sie fügte erklärend hinzu: »Ich bin nämlich die Hauswartfrau.«

»Treten Sie ein!«

Sie kugelte durch die Tür ins Wohnzimmer, und als sie dort Krampe und Lauckner sah, rief sie: »Um Himmels willen – was ist denn passiert?«

Krampe schob ihr einen Sessel hin. »Nehmen Sie Platz.«

Ich überlegte, ob ich der Frau die Wahrheit sagen sollte, aber noch ehe ich den Mund aufmachen konnte, fragte sie: »Liegt Herr Zaprock im Krankenhaus?«

»Wie kommen Sie darauf?«

»In der letzten Zeit klagte er über Schmerzen im Rücken. Und er hatte so einen eigenartigen Husten. Ich dachte, er sei zum Arzt gegangen und der habe ihn gleich dabehalten.«

Das war also die Erklärung, weshalb sich niemand wegen des geschlossenen Ladengeschäftes Gedanken gemacht hatte.

»Sie kannten Herrn Zaprock schon lange?« fragte ich.

Sie hob die Schultern ein wenig. »Wie man's nimmt. Seit er hier wohnt. Und das sind immerhin zehn Jahre. Gleich als er Witwer wurde, ist er hier eingezogen, und ich habe ihm zweimal die Woche sauber gemacht. Aber wieso ›kannten‹? Ist ihm etwas zugestoßen?«

Ich entschloß mich zur Wahrheit. »Ja. Er ist verunglückt.«

»Doch nicht etwa schlimm?« fragte sie ehrlich besorgt.

»Leider. Er ist tot.«

Im Zimmer herrschte Schweigen. Die Hauswartfrau blickte mich entsetzt an und brachte kein Wort heraus. Als sie sich gefaßt hatte, sagte sie: »Aber das kann doch nicht möglich sein. Er war immer so höflich und so korrekt.«

»Hat Herr Zaprock Angehörige, Frau ...«

»Küppers, Erna Küppers«, antwortete sie. »Ich wohne hier im Haus. Und was den armen Herrn Zaprock betrifft, er hat eine Tochter, Frau Wiese, sie wohnt in Erfurt.«

Ich legte das Foto auf den Tisch, das wir in der Brieftasche des Toten gefunden hatten und fragte: »Ist das Frau Wiese?«

Erna Küppers nickte. »Die genaue Adresse weiß ich nicht, aber Sie finden sie dort.« Dabei zeigte sie auf den Radiotisch. »Hier bewahrt er ihre Briefe auf.« Sie erhob sich und wollte gehen.

»Einen Augenblick noch, Frau Küppers«, sagte ich, »wir haben noch eine Frage.« Sie setzte sich gehorsam wieder hin und sah mich auffordernd und ein wenig mißtrauisch an. »Wir sind nämlich von der Polizei«, fuhr ich fort, »und da interessiert uns, wann Herr Zaprock vorgestern weggegangen ist und mit wem.«

»Ich spioniere den Leuten nicht nach«, entgegnete sie frostig.

»Davon sind wir überzeugt«, sagte Lauckner liebenswürdig. Er hatte eher als ich gemerkt, daß die kleine blonde Frau trotz ihrer Rundlichkeit und Aufmachung noch verhältnismäßig jung und hübsch war, und er spielte nun den Kavalier. Da er wußte, daß seine Art bei Frauen Eindruck machte, probierte er wieder einmal seine Talente aus. Er hatte richtig gerechnet, Frau Küppers lächelte freundlich und sagte: »Er ist am Nachmittag gegen fünf Uhr weggegangen. Ich kam gerade vom Einholen zurück. Da traf ich ihn vor dem Haus.«

»Schloß er den Laden öfter so zeitig?« fragte ich. »Die gesetzliche Frist geht doch bis sechs Uhr.«

»Ja. Wahrscheinlich hatte er sich wieder mit so einem Ausländer verabredet.«

Ich horchte auf, ließ mir aber nichts anmerken. »Was denn für Ausländer?«

Die Frau plapperte weiter: »Ach, er kannte eine ganze Menge Leute. Neger waren auch darunter. Sie kamen ihn besuchen, nicht in den Laden, nein, durchs Treppenhaus; und hier in der Wohnstube hat er dann mit ihnen verhandelt. Manchmal trafen sie sich auch irgendwo, und dann machte er eben seinen Laden dicht.«

»Wissen Sie, was er mit diesen Leuten verhandelte?«

»Nein. Wahrscheinlich ging es um Briefmarken. Vielleicht hat er Marken verkauft oder was weiß ich. Ich habe mich wirklich nicht darum gekümmert.«

»Natürlich«, sagte Lauckner, »Sie hatten ja auch keinen Grund, stimmt's?« Er nickte ihr freundlich zu, und sie lächelte kokett zurück.

»Sie bringen einen ganz durcheinander mit dieser Fragerei.« Sie lächelte immer noch und blies sich dabei eine Haarsträhne aus der Stirn. »Es ist doch wirklich nichts weiter als ein Unfall?«

»Ein bedauerlicher Unfall«, bestätigte Lauckner. Er brachte sie zur Tür, und sie kugelte hinaus.

Unser Verdacht, daß Zaprock illegal eingeführte

Briefmarken aufkaufte, war damit erhärtet worden. Wer hätte das von dem hochgewachsenen schlanken Mann, Mitte der Fünfzig, mit gestutztem Schnurrbart, gedacht, der immer höflich und liebenswürdig blieb, auch wenn man ihm die seltsamsten Sammlerwünsche antrug?

Und ich war sein Kunde gewesen und hatte nichts gemerkt. Jetzt war mir auch klar, weshalb er auf meine Frage, ob er mir die Ziolkowski-Überdruckmarke beschaffen könne, nicht gleich mit der Hand abgewinkt, sondern gesagt hatte: »Ich werde sehen, was sich machen läßt, Herr Wendt.« Jeder Weltraummotivsammler weiß, wie schwer heute diese Marke mit dem Aufdruck »4.10.57 / Erster künstl. Erdsattelit der Welt« zu bekommen ist, die mit Recht als die klassische Weltraummarke gewertet wird. Sogar in Moskau, Leningrad und Kiew, wo ich als Tourist meinen Urlaub verbracht hatte, war sie nicht aufzutreiben gewesen. Das unmöglich Scheinende hatte Zaprock möglich gemacht. Jetzt wußte ich zwar, aus welchen dunklen Quellen sein Warenbestand stammte, und ich wunderte mich, daß mir früher nicht der Schatten des Verdachtes gekommen war. Der so harmlos aussehende Briefmarkenhändler mußte ein schlauer Fuchs gewesen sein, und uns würden wahrscheinlioch die Augen noch übergehen, wenn wir im Laden sein Warenlager fanden.

Ich ging zum Radiotisch, wo unter einem Briefbeschwerer die Post seiner Tochter lag. Obenauf befand sich ein Telegramm: »Bin dienstlich am Montag zur Landwirtschaftsausstellung. Erwarte dich 17 Uhr 30. Christa.« Die übrigen Briefe und Karten enthielten nichts Bemerkenswertes für uns. Nur das Telegramm war wichtig. Am Montag ist Zaprock in der Nähe der Landwirtschaftsausstellung ertrunken. Und am selben Abend hatte ihn seine Tochter aus das Ausstellungsgelände bestellt. Also waren sie vor dem Unglück zusammen. Lauckner pfiff durch die Zähne, als ich meine Mitarbeiter mit dem Inhalt der Depesche bekannt machte.

Krampe murmelte: »Interessant, interessant.«

Vielleicht aber war das Telegramm auch gefälscht? Unzweifelhaft stammte es aus Erfurt, wo seine Tochter Am Anger wohnte. Konnte es aber nicht auch der Mörder aufgegeben haben, der von Zaprocks Familienverhältnissen wußte, oder vielleicht der Verkäufer der Luxemburg-Europa-Marken? War vielleicht der Verkäufer mit dem Mörder identisch?

Die zweite Überraschung erlebten wir im Laden. Obwohl wir sicher waren, daß Zaprock illegal Marken aufkaufte, fanden wir nicht, was wir suchten. In seinem Bestand waren zwar einige Luxusgegenstände wie ein prachtvolles Eckrandstück der sowjetischen Aluminiumraketenmarke mit dem roten Aufdruck »XXII. Parteitag der KPdSU«, die mein Herz höher schlagen ließ, auch der Währungsgeschädigtenblock und der Saarländer Hochwasserblock und noch einige andere wertvolle Stücke, aber das, was wir suchten, war nicht darunter. Auf Lager hatte Zaprock lediglich die sogenannten »gängigen« Motive; die DDR-Ausgaben, die Sätze der Volksdemokratien, Motive von Sport, Blumen, Tieren und Weltraum, verschiedene Marken aus aller Welt, offenbar nur das, was er von der DIA, der Deutschen Innen- und Außenhandelsgesellschaft, bekam. Ich suchte weiter und stieß schließlich in einem Rollschrank auf mehrere Zigarrenkisten, in denen mit Marken gefüllte Zellophanbeutel lagen. Als ich einen davon gegen das Licht hielt, stieß ich überrascht einen Pfiff aus.

Krampe fragte: »Was ist?«

»Bitte.« Ich gab ihm den Beutel.

»Das ist ja ein Ding.« Er legte ihn auf den Tisch.

In der Tüte befand sich die Kuban-Brückenkopf-Päckchenmarke aus dem Jahre 1943, eine Marke aus der Nazizeit. Und das Handeln mit faschistischen Postwertzeichen ist bei uns streng verboten, diese Marken sind auch nicht im Lipsia-Katalog angegeben. Wir untersuchten die Zigarrenkisten näher und förderten Nazimarken zu Hunderten ans Tageslicht. Als wir einige davon mit dem westdeutschen Netto-Katalog verglichen, merkten wir, daß sie einen hohen Wert besaßen. Allein die Kuban-Brückenkopf-Päckchenmarke kostete 750 Michelmark.

Lauckner war unserem Gespräch gefolgt, ohne sich einzumischen. Nun fragte er mit verständnislosem Gesicht: »Michelmark und Lipsiamark, was ist denn das?«

Krampe stöhnte, aber ich warf ihm diesmal einen vorwurfsvollen Blick zu, daß er sofort verstummte. Schließlich brauchten wir Lauckner für unsere Arbeit; dafür, daß er nicht Bescheid wußte, konnte er nicht. »Wenn man von dem Wert einer Briefmarke spricht«, begann ich, »so sagt man nicht, diese Marke kostet hundert Mark der Deutschen Notenbank, sondern hundert Lipsiamark. Das kommt daher, weil in der DDR für die Briefmarkensammler der Lipsia-Katalog gültig für die Wertbestimmung ist.«

Lauckner nickte, er hatte mich verstanden. Krampe ergänzte: »Wenn unter einer Marke die Zahl 100 steht, so ist das gewissermaßen nur die Kennzahl, der wirkliche Wert der Briefmarke kann sowohl höher als auch niedriger sein.«

»In Westdeutschland richtet man sich nach dem Michel-Katalog, daher der Name Michelmark. Auch hier ist die Zahl nur Kennziffer.«

Lauckner nickte wieder, aber ich sah ihm an, daß er noch nicht alles verstanden hatte. Krampe beschäftigte sich noch weiter mit ihm. Indessen prüfte ich Zaprocks Geschäftskorrespondenz. Dabei stieß ich auf eine Mappe mit abgehefteten Anzeigen verschiedener Briefmarkenhändler der Republik. Die Preise der wertvollen Sätze aus dem Saarland, Westberlin, aus Thailand und anderen Ländern waren rot unterstrichen. Je länger ich in der Mappe blätterte, desto mehr sah ich, daß Zaprock hier systematisch vorgegangen war und seit Jahren eine Art Bedarfs- und Preisforschung betrieben hatte. Nur wirklich seltene, wertvolle Marken war unterstrichen, es handelte sich dabei immer um die gleichen, ständig wiederkehrenden Ausgaben. Ähnlich war er auch in den zahlreichen Auktionskatalogen vorgegangen; auch hier waren die gleichen, in den Annoncen angestrichenen Sätze gekennzeichnet. Hinter dem Auktionspreis stand noch eine zweite, mit Bleistift geschriebene Zahl, offensichtlich die Höhe der Summe, die auf der Auktion erzielt worden war. Noch konnte ich mir nicht erklären, was das alles zu bedeuten hatte, auch Krampe wußte keinen Rat. Das Rätsel löste sich erst, als ich in der Briefmappe eine von Zaprock getippte Annonce fand, die er aufgeben wollte.

»Genosse Krampe«, rief ich, »sagten Sie nicht, daß Wehberg die stabilsten Preise hat?«

»Hat er auch.«

»Dann sehen Sie sich das an.« Ich gab ihm das Blatt, worauf in Handschrift stand: »Ganzseitig!«

In dieser Annonce hatte Zaprock die wesentlichsten, wertvollsten, seit Jahren unregelmäßig in der DDR angebotenen Ausgaben um 25 Prozent unterboten, wobei er mitunter sogar weit unter den Lipsia-Katalogpreis ging.

»Tatsächlich! Zaprock hätte mit einem Schlag die Preise diktieren können«, sagte er.

»Schön«, entgegnete ich, »nehmen wir das an. Wenn einer die Preise diktieren will, dann muß er so viel Raritäten haben, daß er zunächst alle Händler unterbieten kann. Zwingt er sie, ebenfalls herunterzugehen und ihre Ausgaben zu verkaufen, kann er dann die Preise so hochschrauben, wie er will. Eine raffinierte Spekulation, weiter nichts. Aber«, ich machte eine Pause, »wo sind sie denn, die Raritäten des Herrn Zaprock?«

Wir durchsuchten jeden Winkel der Wohnung und auch den Keller, wir fanden lediglich Zaprocks Privatsammlung altdeutscher Staaten, die fast vollständig war; die in der Annonce angegebenen Marken waren wie vom Erdboden verschluckt.

»Raritäten hin, Raritäten her«, begann Lauckner wieder, »ich begreife das wirklich nicht. Wir leben in einem sozialistischen Staat, und hier will ein Briefmarkenhändler das Monopol an sich reißen. So etwas gibt es doch gar nicht.«

»Hören Sie mal gut zu«, sagte ich, »auch wenn das nicht in Ihren Kopf will. Im Briefmarkenhandel gibt es keine sogenannten staatlichen Festpreise.«

»Das heißt also«, sagte Lauckner, »den Wert der Briefmarke bestimmen Angebot und Nachfrage.«

Krampe strahlte. »Er hat's begriffen.«

»Ja«, sagte ich, »je seltener die Marke ist, desto wertvoller ist sie. Damit verstehen Sie auch Zaprocks Zeitungsannonce richtig. In allen Briefmarkenkatalogen der Welt ist die Verrechnungseinheit der Dollar. In Westdeutschland ist das Verhältnis eins zu vier, in der DDR ist ein Dollar gleich zwei Mark fünfzig. Da in den kapitalistischen Ländern die Briefmarken nicht vom Staat ein- und ausgeführt werden, sondern von Großhandelsunternehmen, liefern sie die Marken ihrer Länder nicht zum Dollarkurs an uns, sondern nach Westdeutschland.«

Krampe griff dieses Thema sofort auf. »Das heißt mit anderen Worten, kein Briefmarkenhändler der DDR bezieht von der DIA offiziell kapitalistische Briefmarken, zum handelsüblichen Preis. Wenn er diesen Satz wie die Luxemburg-Europa besitzt, so kann er die Marken entweder durch Kauf von einem Kunden erworben haben, der sie auf dem genehmigten Tauschweg von einem Partner aus einem kapitalistischen Land bekommen hat, oder diese Sätze sind illegal eingeführt und illegal aufgekauft worden.«

»Wenn also Zaprock eine Reihe Ausländer an der Hand hatte, die ihn mit illegal eingeführten Briefmarken versorgten, so konnte er durchaus bei geschickter Manipulation bestimmte wertvolle Marken und Sätze preismäßig festsetzen.«

»Kompliziert«, entgegnete Lauckner, »aber einleuchtend. Praktisch ist hier gar keine Preiskontrolle möglich.«

»Jedenfalls sehr schwer.« Ich zerdrückte meine Zigarette und stand auf. »Bisher ist alles nur Vermutung, was Zaprock betrifft. Die Beweise sind seine Raritäten, und die fehlen.«

Im Wagen sagte Krampe: »Wahrscheinlich hat er die Marken irgendwo ausgelagert. Sicherlich hat er Kontrollen gefürchtet. Wäre diese Annonce erschienen, hätte sie in der Briefmarkenwelt Aufsehen erregt.«

Das gleiche hatte ich auch gedacht. Aber wo konnte er sie ausgelagert haben? War vielleicht jener, der sie aufbewahrte, schuld am Unfall Zaprocks?

»Oder sie sind gestohlen worden«, sagte Lauckner.

»Die Wohnung sieht nicht danach aus, als wenn einer lange gesucht hätte.«

»Sie vergessen das Telegramm aus Erfurt, Genosse Hauptmann. Wenn das Telegramm eine Fälschung ist, kannte jene Person, die es aufgab, Zaprocks Familienverhältnisse. Warum sollte sie nicht auch wissen, wo er die Marken hatte?«

»Und wenn es nicht gefälscht ist?«

»Bleibt immer noch die Tochter.«

Auch diese Theorie hatte etwas für sich. Aber ohne handfeste Beweise war sie eben nur eine von den berühmten Möglichkeiten.

Im Präsidium faßte ich noch einmal das Ergebnis des heutigen Tages zusammen: »Wir wissen, daß Zaprock sein Ladengeschäft gegen siebzehn Uhr verließ. Am gleichen Tag hatte er ein Telegramm von seiner Tochter aus Erfurt erhalten, das dort sieben Uhr zwanzig aufgegeben und von unserem Hauptpostamt neun Uhr dreißig aufgenommen wurde. Somit war Zaprock spätestens zehn Uhr dreißig im Besitz dieses Telegramms.« Ich machte eine Pause und bot Zigaretten an, wir rauchten, und ich fuhr fort: »In dieser Depesche wird Zaprock von seiner Tochter aufgefordert, sie um siebzehn Uhr dreißig in der Landwirtschaftsausstellung aufzusuchen, wo sie dienstlich zu tun hat. Ob er dort eingetroffen ist, ist noch nicht geklärt. Da der Tote eine Plastetüte westdeutscher Herkunft mit zehn Kleinbogen Briefmarken im Werte von sechzehntausend Mark bei sich trug, ist nicht anzunehmen, daß er die Marken von zu Hause mitgenommen hat.«

»Warum?« fragte Lauckner.

»Weil erwiesen ist, daß er auf-, aber nicht *ver*kaufte.«

»Und wenn seine Tochter ihm die Marken gebracht hat?«

»Ich wüßte zwar nicht, woher sie die Sätze haben sollte«, sagte ich, »aber trotzdem muß man diese Möglichkeit mit in Betracht ziehen.«

»Sie kann ja in seinem Auftrag aufgekauft haben.«

Ich zog an der Zigarette und nickte. Wir hatten uns im Laufe der Zeit diese legeren Dienstbesprechungen angewöhnt, weil sie jedem von uns die Gelegenheit gaben, das Tagesergebnis noch einmal zu rekapitulieren und neue Gedanken oder Einwände hinzuzufügen.

»Als erwiesen kann man ansehen«, begann ich von neuem, »daß Zaprock illegal eingeführte wertvolle Briefmarken von Ausländern aufkaufte. Die in seinem Geschäft gefundenen Unterlagen beweisen eindeutig, daß der Verunglückte die Absicht hatte, den Preis für seltene, wertvolle und besonders gesuchte Marken zu diktieren. Diese Marken konnten nicht gefunden werden, sie sind entweder gestohlen oder ausgelagert.«

Ich schwieg, auch die anderen sagten nichts, jeder hing seinen Gedanken nach und überlegte, ob nicht die eine oder andere Variante möglich sein konnte. Es dauerte eine ganze Weile bis Krampe sagte: »Immerhin kann sich noch herausstellen, daß Zaprock tatsächlich verunglückt ist. Wir brauchen ja nur die Marken zu finden.«

»Eben. Bloß wo können Sie sein? Auch wenn Zaprock wirklich nur verunglückt sein sollte, woran ich nicht glaube – dann scheint mir sein Geschäftsgebaren immerhin recht aufschlußreich. Mich interessiert sowieso, wie Wehbergs stabile Preise zustande kommen.« Meine Mitarbeiter nickten, und ich sagte: »Sie, Genosse Lauckner, fahren aufs Ausstellungsgelände und sehen sich heute abend die Lokale an. Vielleicht erinnert sich noch ein Kellner an Zaprock.« Ich schob eine Fotografie des Briefmarkenhändlers über den Tisch, die ich mir in seiner Wohnung ausgeliehen hatte. »Bei diesem Quantum Alkohol hätte er selbst noch unter Betrunkenen auffallen müssen. – Ich kümmere mich inzwischen um die Tochter aus Erfurt.«

»Und ich?« fragte Krampe, der sich übergangen fühlte.

»Sie können Genossen Lauckner begleiten.«

Nachdem die beiden das Zimmer verlassen hatte, rief ich meine Kollegen in Erfurt an und bat sie, Frau Wiese vom Unglücksfall ihres Vaters zu verständigen und sie zu mir zu schicken, ohne sie aus den Augen zu lassen. Anderthalb Stunden später erhielt ich die Nachricht, daß Frau Wiese am Mittag des kommenden Tages eintreffe.

Am nächsten Morgen war der Sonnenschein der letzten Tage verschwunden. Ein wolkenverhangener Himmel stand über der Stadt, und in den Straßen dampfte drückende Schwüle, die das Atmen schwer machte. Krampe und Lauckner betraten schwitzend mein Zimmer, beide strahlten, ich sah ihnen an, daß sie Erfolg gehabt hatten.

»Zaprock war im Restaurant am See«, platzte Lauckner heraus.

Ich kannte dieses repräsentative Restaurant, es lag im Ausstellungsgelände, unmittelbar an der Nähe der Pleiße.

»Der Kellner, der Zaprock bedient hat, erkannte ihn auf Anhieb wieder. Zaprock saß auf der Terrasse, seit wann, konnte der Kellner nicht genau sagen; er vermutete, gegen achtzehn Uhr. Zaprock war erst eine Weile allein, er trank einen Kaffee, dazu einen doppelten Weinbrand. Später kamen zwei Herren, mit denen er offensichtlich verabredet war. Zuerst haben sie miteinander verhandelt, dann haben sie Sekt getrunken, drei Flaschen insgesamt, wobei jeder eine springen ließ. Der Kellner kann sich auch entsinnen, daß einer der Herren einen Trinkspruch sagte, etwa in dem Sinn: ›Auf gute Zusammenarbeit‹.«

Lauckner schwieg, und Krampe berichtete weiter: »Alle drei sind gegen zweiundzwanzig Uhr gegangen, jedenfalls haben sie gemeinsam die Terrasse verlassen.«

»War Zaprock betrunken?«

»Nicht sehr. nach Aussage des Kellners war er etwas angeheitert.«

»Dann müssen sie irgendwo weitergetrunken haben.«

»Wahrscheinlich.«

»Und wer die beiden Herren waren, wißt ihr natürlich nicht?«

Krampe lächelte pfiffig. »Nach Aussage des Kellners«, entgegnete er betont langsam, wie immer, wenn er eine Überraschung bereithielt, »paßt die Beschreibung auf Wehberg und Homann.«

Vor Überraschung verschluckte ich mich. Mit einer solchen Wendung hatte ich nicht gerechnet. Wehberg und Homann und der Trinkspruch »Auf gute Zusammenarbeit«, was hatte das zu bedeuten? Zusammenarbeit beim Aufkauf von illegal eingeführten Briefmarken? Mir fielen Krampes Worte ein: »Wehberg hat die stabilsten Preise. Da kommt Zaprock nicht mit.« Und Homann! »Kein Wunder. Das ist ja Wehbergs Schwager.«

Ich erhob mich. »Kommen Sie, Genosse Krampe, wir fahren sofort zu Wehberg.« Und an Lauckner gewandt: »Falls wir uns verspäten, unterhalten Sie Frau Wiese. Ich habe einige Fragen an die Dame.«

Die Briefmarkenhandlung Martin Wehberg unterschied sich schon rein äußerlich von Zaprocks Ladengeschäft. Die lag in einer der Hauptgeschäftsstraßen, in der Nähe des Marktes, war mit Leuchtreklame ausgestattet, und die drei breiten hohen Schaufenster waren geschmackvoll dekoriert. In dem weitläufigen Raum drinnen standen abwaschbare Schaumgummisessel, an den Wänden Vitrinen mit buntbebilderten Marken aus allen Ländern; hinter dem Ladentisch zwei hübsche Verkäuferinnen, eine blonde und eine dunkelhaarige. Auch darin hatte man die Auswahl.

Krampe war hier bekannt, er wurde freundlich begrüßt, und als er Herrn Wehberg verlangte, trat der Chef des Hauses sofort aus dem Büro. Er war groß und schlank, mit silbernen Fäden im Haar, und der hellgraue Anzug, den er trug, stammte von einem erstklassigen Schneider.

»Oh, Herr Krampe.« Wehberg drückte dem Oberwachtmeister die Hände und sprudelte los: »Ich habe eine Überraschung für Sie. Sie sammeln doch Österreich, und was denken Sie, was ich hereinbekommen habe? Sie werden es nicht glauben: Die Zehn-Schilling-Dollfuß-Marke. Ein Prachtstück. Aber nur zum Anschauen, nur zum Anschauen, Sie wissen ja ... der Preis.« Er verzog bedauernd das Gesicht.

»Ich bin dienstlich hier«, entgegnete Krampe kurz. »Darf ich vorstellen: Hauptmann Wendt.«

»Kriminalpolizei«, sagte ich und zog den Dienstausweis.

In Wehbergs Gesicht zuckte kein Muskel. »Darf ich die Herren in mein Büro bitten?« entgegnete er steif.

Das Büro, ein mittelgroßer Raum, war mit hellen Möbeln geschmackvoll ausgestattet. Wir nahmen an einem Rauchtisch Platz, Wehberg selbst verschanzte sich hinter dem Schreibtisch, offensichtlich, um uns besser im Auge zu haben.

»Ich habe eine Frage«, begann ich und betrachtete aufmerksam sein schmales gebräuntes Gesicht mit den hellen stechenden Augen. Er wich meinem Blick nicht aus und sagte: »Bitte.« Und ich fragte unvermittelt: »Wo waren Sie am letzten Montagabend?«

»Bei meinem Schwager.« Die Antwort kam schnell, überraschend zu schnell. Immerhin war heute Donnerstag; jeder Mensch, der plötzlich gefragt wird, wo er den Abend vor drei Tagen verbracht hat, braucht einen Augenblick zum Nachdenken, wenn sich an diesem Abend nicht etwas Besonderes ereignet hat. Wehberg hatte überhaupt kein Überlegen nötig.

»Irren Sie sich nicht?« fragte ich. »Waren Sie vielleicht an diesem Abend mit Herrn Zaprock zusammen?«

»Ausgeschlossen!« rief er und hob die Hände. »Da ist überhaupt kein Irrtum möglich. Was sollte ich auch mit Herrn Zaprock zu tun haben? Er ist ja für mich gewissermaßen die Konkurrenz.«

Ich warf Krampe einen Blick zu, er verstand und ging hinaus. Einen Augenblick später vernahm ich durch das halbgeöffnete Fenster das Brummen des Motors unseres Wagens.

»Sie sagten soeben Konkurrenz«, begann ich wieder, »ich glaube kaum, daß Herr Zaprock Ihnen gegenüber konkurrenzfähig ist. Sie sind etwas billiger als er, Ihr Laden ist größer, das Warenangebot höher.«

In seinen Augen stand deutliches Mißtrauen, als er antwortete: »Ich habe gehört, daß Herr Zaprock in der letzten Zeit bestimmte Marken billiger als ich verkauft hat.«

Das konnte wahr sein. Es bestand durchaus die Möglichkeit, daß Zaprock billiger verkauft hatte, um mit Wehberg und Homann ins Geschäft zu kommen. Zu dritt diktieren sich die Preise besser, und Wehbergs Trinkspruch auf der Terrasse des Restaurants am See ließ diesen Schluß zu.

»Von wem wissen Sie das?« fragte ich nachdenklich.

»Es spricht sich herum. Ich weiß es auch von Kunden.«

»Und um welche Marken handelte es sich?«

»Um wertvolle Sätze des kapitalistischen Auslands.«

Sein Blick war immer noch mißtrauisch und seine Haltung gespannt. Alles an ihm schien zu fragen, was weißt du, und was weißt du nicht?

»Sie sind sehr gut informiert, Herr Wehberg.« Ich lächelte, und er lächelte zögernd mit.

»Das gehört zum Geschäft«, erwiderte er um eine Spur freundlicher.

»Glauben Sie«, nahm ich den Faden wieder auf, »daß Herrn Zaprocks Methode durch unlauteres Geschäftsgebaren zustande gekommen ist?«

»Wie soll ich das verstehen?« Er war schlau und stellte sich ahnungslos.

»Nehmen wir an, Herr Zaprock hat eine Quelle, aus der er die Marken billiger als Sie einkaufen kann, so kann er sie demzufolge auch billiger abgeben. Und nehmen wir ferner an, diese Quelle ist etwas undurchsichtig.«

Sein Gesicht wurde eisig, er blieb wachsam. »Es tut mir leid«, sagte er kurz, »davon ist mir nichts bekannt.«

Hinter mir öffnete sich die Tür, Krampe war wieder da. Er nickte mir zu. Also hatte Homann das Alibi bestätigt.

»Noch eine letzte Frage, Herr Wehberg.« Ich klappte das Notizbuch zu und steckte es ein. »Mit Herrn Zaprock standen Sie in keinerlei Geschäftsverbindung?«

»In keiner Weise«, bestätigte er und erhob sich.

Ich entschuldigte mich für die Störung, und als ich wieder im Wagen saß, sagte ich zu Krampe: »Wehberg hat sich recht eigenartig benommen. Weiß er nun, daß Zaprock tot ist, oder weiß er es noch nicht? Jedenfalls ist er ein Fuchs. Schaffen Sie mir auf alle Fälle den Kellner heran, Genosse Krampe. Mit dem habe ich noch etwas vor.«

Gegen vierzehn Uhr erschien Zaprocks Tochter. Frau Wiese trug Trauerkleidung, ihr Gesicht ähnelte dem ihres Vaters, sie hatte auch die gleiche schlanke Figur wie der Briefmarkenhändler. Ihr Augen waren noch vom Weinen gerötet, und als sie Platz genommen hatte, begann sie nach den ersten, konventionellen Worten von neuem zu schluchzen. »Herr Hauptmann ... wie ist denn das gekommen ... ich begreife einfach noch nicht.« Sie schien sehr erschüttert zu sein.

Ich brachte ihr den Vorfall so schonend wie möglich bei und lenkte dann ihre Aufmerksamkeit auf die nächstliegenden Dinge, die sie tun mußte, damit der Leichnam unter die Erde kam. Auf diese Weise hatte ich sie einigermaßen abgelenkt und konnte meine erste Frage stellen.

»Wir haben in der Wohnung Ihres verunglückten Vaters ein Telegramm gefunden. Sie hatten ihn für Montagabend in die Landwirtschaftsausstellung gebeten.«

Sie hatte sich einigermaßen gefaßt und nickte. »Ja, natürlich.«

»Und Sie haben ihn auch gesprochen?«

»Nein. Er ist nicht gekommen.« In ihren Augenwinkeln glitzerten wieder Tränen, wahrscheinlich dachte sie daran, daß sie ihren Vater dann noch einmal lebend gesehen hätte. Danach stimmte also die Vermutung nicht, daß sie ihm die zehn Bogen der Luxemburg-Europa-Marken überbracht hatte. Vorausgesetzt natürlich, daß sie die Wahrheit sagte.

»Wäre es nicht besser gewesen«, bohrte ich weiter, »wenn Sie Ihrem Herrn Vater den Weg zur Ausstellung erspart hätten und selbst in die Stadt gefahren wären?«

»Das ging leider nicht. Wir blieben nur knappe zwei Stunden im Ausstellungsgelände.«

»Wer ist denn das: wir?«

»Mein Chef und ich«, sagte sie. »Ich bin in der Verkaufsabteilung eines Erfurter Gartenbaugerätebetriebes beschäftigt. Wir haben einen Pavillon auf der Landwirtschaftsausstellung, den wir am Montagnachmittag aufgesucht haben. Dann wollten wir gegen neunzehn Uhr mit dem Wagen nach Rostock weiter, um die Vorbereitungen für die Ostseewoche zu treffen.«

Das klang einleuchtend. »Und warum wollten Sie Ihren Vater unbedingt sprechen? Hatten Sie einen bestimmten Grund?«

»Nein«, entgegnete sie zögernd, »das nicht. Wir hatten uns ein halbes Jahr nicht gesehen.«

Ich sah ihr an, daß sie nicht die Wahrheit sprach, und unter meinem forschenden Blick senkte sie die Augen. »Wirklich nicht?« fragte ich streng.

Es dauerte eine Weile, bis sie antwortete: »Sie fragen so eigenartig, Herr Hauptmann. Liegt etwas gegen meinen Vater vor ... War es vielleicht gar kein Unglücksfall?« Ihr versagte die Stimme. Wie aber kam sie darauf? Wußte sie mehr, als sie zugab, hatte sie eine Ahnung von Zaprocks illegalen Briefmarkenaufkäufen, hatte sie ihn vielleicht vor seinem Tode doch noch gesprochen? Oder wollte sie mit ihrer Gegenfrage nur ablenken? Ich antwortete nicht, sondern forderte: »Weshalb wollten Sie ihn unbedingt sprechen?«

Sie sah an mir vorbei zum Fenster hinaus, zögerte lange und entgegnete leise: »Ich brauchte Geld.«

Ich war verblüfft. Diese Ehrlichkeit überraschte mich, und ich fragte mich jetzt ernsthaft, ob diese Frau eine so gute Schauspielerin war und ob ihr ein Mord zuzutrauen sei. Aber dann hätte sie doch bestimmt die Bogen mit den Luxemburg-Euopa-Marken an sich gebracht.

Noch ehe ich etwas sagen konnte, fuhr sie fort: »Wir sind in finanzielle Schwierigkeiten geraten, mein Mann und ich. Er ist seit einem Jahr krank, bekommt Rente, wissen Sie. Und vorher hatten wir die Wohnung bekommen und eingerichtet und dabei Schulden gemacht. Würde er noch arbeiten, wäre es uns nicht schwergefallen, das Geld zurückzuzahlen. Aber jetzt muß ich alles allein tragen.«

»Wie hoch ist die Summe?«

»Knapp fünftausend Mark. Ich spreche nicht gern darüber, verstehen Sie ...«

Die Summe war nicht sehr hoch. Bringt man deswegen den eigenen Vater um? Wohl kaum. Wenn nun aber Frau Wiese von den dunklen Geschäften ihres Vaters gewußt hat und den Wert der Briefmarken kannte, der so hoch war, daß sie, wenn sie günstig umgesetzt wurden, ihr die Möglichkeit gaben, eine Weile sorgenfrei zu leben? Wie war überhaupt das Verhältnis zwischen Vater und Tochter gewesen?

»Wußte Ihr Vater von Ihrer Situation?«

»Ich habe ihm etwa vor einem halben Jahr einige Andeutungen gemacht, aber da sagte er mir, daß er jetzt sein Geld flüssig haben muß. Er wollte sein Geschäft neu aufziehen.«

»Was verstehen Sie darunter?«

Sie zuckte mit den Schultern. »Er hat mir nichts weiter darüber gesagt.«

Ich sah sie voll an und fragte: »Wirklich nicht?«

»Nein ... das heißt, seit Jahren ist es sein Ziel, einer der angesehensten Briefmarkenhändler zu werden. Im Laufe der Zeit ist das zur fixen Idee geworden. Aber das hat doch wohl nichts zu bedeuten.«

Immerhin konnte diese fixe Idee die Ursache zu einem umfangreichen Briefmarkenschmuggel sein, dachte ich und fragte weiter: »Sie lebten mit Ihrem Vater in einem guten Verhältnis?«

»Natürlich. Er hätte mir auch sofort geholfen, wenn es ihm möglich gewesen wäre.«

»Aber er ist nicht in die Ausstellung gekommen, und Sie fuhren nach Rostock.«

»Nein. Ich bin zu Vater gefahren.«

Wieder nahm das Gespräch eine andere Wendung. Ich bemühte mich, ruhig zu bleiben, konnte aber nicht verhindern, daß meine Stimme erstaunt klang, als ich fragte: »In die Wohnung?«

»Ja. ich war gegen achtzehn Uhr dreißig bei ihm. Der Laden war geschlossen, auch in der Wohnung meldete sich niemand. Sicherheitshalber sah ich ins ›Biereck‹ und in die ›Bärenschenke‹, weil ich dachte, er hat mein Telegramm nicht erhalten. Da er in seinen Stammlokalen auch nicht war, nahm ich an, er hat sich verspätet und ist zur Ausstellung gefahren. Aber dort war er auch nicht gewesen ...«

»Woher wissen Sie das?«

»Von der Kollegin Frohberg – das ist die Leiterin unseres Pavillons; er hätte sich dort gemeldet.«

»Gut. Und was geschah weiter?«

»Inzwischen ist mein Chef allein weitergefahren, sehr aufgebracht, wie Sie sich denken können. Ich hatte mich ja nicht abgemeldet. Da bin ich wieder zu Vater, er war noch immer nicht da. Daraufhin ging ich zum Bahnhof, löste mir eine Fahrkarte nach Rostock. Früh gegen ein Uhr dreißig fuhr ich dann mit dem Zug nach Norden.«

»Was haben Sie in der Zwischenzeit gemacht?«

»Im Wartesaal der Mitropa gesessen und Kaffee getrunken. Zwischendurch war ich noch zweimal bei Vater, aber ohne ihn anzutreffen. Dann bin ich zum Zug gegangen, ich war sehr enttäuscht, das können Sie mir glauben.«

Eine Weile blieb es still zwischen uns. Frau Wiese hat also kein Alibi, dachte ich, in der Zeit des Unglücks ist sie hiergewesen; wie sie behauptet, auf dem Bahnhof. Zeugen dafür hat sie nicht. Zaprock dagegen ist vom Kellner auf dem Ausstellungsgelände erkannt worden, allerdings hat Frau Wiese nicht mit ihm auf der Terrasse des »Restaurants am See« gesessen. Die Sache war undurchsichtig, irgendwie war sie faul. Lauckners Vermutung, daß Frau Wiese die wertvollen Marken an sich genommen hatte, konnte stimmen. Dann aber hätte sie vom Tod ihres Vaters informiert sein müssen. Fragt sich nur, von wem, wenn sie nicht selbst dabeigewesen war.

»Die Fahrkarte nach Rostock«, fragte ich betont langsam., »die haben Sie doch noch?«

Sie schüttelte betrübt den Kopf. »Leider nicht. Dafür bekomme ich keine Spesen, ich habe ja den Wagen verpaßt.«

»Noch eine letzte Frage, Frau Wiese«, sagte ich, »wußten Sie, daß Ihr Vater viel mit Ausländern verkehrte?«

»Davon ist mir nichts bekannt.«

Ich erhob mich, unser Gespräch war beendet, wenigstens vorläufig, denn ich hatte das Gefühl, daß wir uns noch einmal wiedersehen würden. Ich empfahl ihr Oberleutnant Lauckner als Hilfe, falls sie irgendwelche Schwierigkeiten haben sollte, bedauerte, daß ich das Siegel an Zaprocks Wohnung noch nicht entfernen konnte, und verabschiedete mich. Lauckner, der die ganze Zeit über schweigend dagesessen hatte, verbeugte sich höflich.

Als wir beide allein waren, ging ich zum Du über, was wir gewöhnlich anwendeten, wenn wir unter uns waren, und fragte: »Was hältst du von der ganzen Sache?«

»Ich hätte sie an deiner Stelle gleich hierbehalten. Sie hat kein Alibi, war zur Unfallzeit hier, brauchte Geld ...«

»... und bringt deshalb ihren eigenen Vater um«, unterbrach ich ihn. »Machst du es dir nicht ein bißchen zu einfach?«

»Du vergißt die fehlenden Briefmarken; immerhin beachtliche Wertstücke, wie wir vermuten. Nimm an, Zaprock hat sie seiner Tochter zur Aufbewahrung übergeben. Sie brauchte Geld, hat den Bestand angegriffen und einiges verkauft. Nun ist sich Zaprock mit Wehberg und Homann einige geworden ... Ich kenne so einen Fall aus der Landwirtschaft; in einem

Dorf schließen sich die großen Bauern zu einer LPG zusammen und die kleinen zu einer anderen. Natürlich sind die wirtschaftsstarken Bauern im Vorteil, sie haben mehr Vieh, mehr Land ...«

»Was hat das mit Zaprock zu tun?«

»Er hat die meisten und besten Marken, Wehberg und Homann die stabilsten Preise. Zu dritt sind sie ein Monopol.«

Ähnliche Gedanken hatte ich auch schon, Lauckner sprach sie nur aus. »Und jetzt meinst du«, spann ich seinen Gedanken weiter, »hat Zaprock die Marken von seiner Tochter zurückverlangt, aber da sie nicht mehr vollständig waren ...«

»Genau!« Diesmal ließ er mich nicht ausreden. »Zaprock wäre nach den Verhandlungen mit Wehberg und Homann ins Hintertreffen geraten. Frau Wiese erfuhr das alles von ihm, sie sah keine andere Möglichkeit und täuschte den Unfall vor.«

»Auch wenn deine Theorie stimmt«, sagte ich, »halte ich eine Haussuchung bei Frau Wiese für zwecklos. Sie hatte inzwischen genügend Zeit, die Marken so unterzubringen, daß wir sie nicht finden. Es ist anzunehmen, daß sie die Wertstücke zu Geld machen wird. Das heißt für uns: beobachten, so lange nicht aus den Augen lassen, bis sie sich verrät.«

Ich traf die nötigen Maßnahmen, damit Frau Wiese überwacht wurde. Lauckners Verdacht konnte sich bestätigen, aber wir mußten auch noch andere Möglichkeiten in Betracht ziehen. Der Bericht des Genossen von der Kriminalpolizei aus Erfurt ergab nichts Besonderes. Frau Wiese hatte die Nachricht vom Tode ihres Vaters tief getroffen, sie hatte nur einmal das Haus verlassen, um zu telefonieren. Eine Rückfrage ergab, daß sie mit ihrem Betrieb gesprochen und um Urlaub gebeten hatte, der ihr auch bewilligt worden war. Dann war sie sofort zu uns gekommen, ohne mit jemand Verbindung aufzunehmen. Die Fürsorge für ihren kranken Mann, der die Wohnung nicht verlassen konnte, überließ sie einer hilfsbereiten Nachbarin. Das alles sprach zu ihren Gunsten, bewies aber nicht ihre Unschuld. Ich bat die Genossen in Erfurt, Frau Wieses Aussage über ihre Montags-Dienstreise zu überprüfen und ihren Mann nicht aus den Augen zu lassen. Am Abend erhielt ich über Fernschreiber bescheid: Ihr Chef bestätigte, daß die Tochter des Briefmarkenhändlers unabgemeldet das Ausstellungsgelände verlassen hatte und mit dem Zug nach Rostock nachgekommen war. Als Entschuldigungsgrund gab sie an, ihren Vater gesucht zu haben. Aber ob sie ihn gesprochen hatte, wußte auch der Leiter der Verkaufsabteilung nicht. Damit war uns auch nicht viel weitergeholfen.

Ich schickte Oberwachtmeister Krampe wieder ins Ausstellungsgelände. Er bekam den Auftrag, im Pavillon der Erfurter Firma festzustellen, ob Zaprok seine Tochter gesucht hatte. Außerdem sollte er den Kellner für den nächsten Tag zu mir bestellen. Dann fuhr ich zum Polizeirevier in Wehbergs Wohngegend. Natürlich wäre es für mich einfacher und bequemer gewesen, die beiden Briefmarkenhändler ins Präsidium vorzuladen und sie dem Kellner gegenüberzustellen. Aber nicht immer ist der einfachste Weg der beste. Von der Gegenüberstellung hing ab, ob der Kellner Wehberg und Homann als jene Gäste wiedererkannte, die mit Zaprock Sekt getrunken hatten. Würde ich sie vorladen, würde ich von vornherein auf das Überraschungsmoment verzichten. Wenn sie wissen, daß sie zur Kriminalpolizei kommen müssen, hätten sie Gelegenheit, sich vorher jede Einzelheit abzusprechen. Ich unterhielt mich mit dem Revierleiter, und als wir feststellten, daß Wehbergs Paß nur noch bis zum Jahresende gültig war, forderten wir ihn über den Abschnittsbevollmächtigten auf, ihn am nächsten Tag zwischen elf und zwölf Uhr verlängern zu lassen.

Am nächsten Vormittag meldete sich der Ober vom »Restaurant am See«, ein älterer Herr mit weißem Haar, sehr zurückhaltend. Er erklärte sich sofort bereit, uns zu helfen. Ich ließ mir noch einmal bestätigen, daß er Zaprock bedient hatte, dann fuhren wir mit dem Wagen zum Gebäude der VP-Reviers. Es war zehn Uhr fünfundvierzig. Wir parkten dicht an der Bordsteinkante und blieben im Wagen sitzen. Wenn Wehberg kam, mußte er an uns vorbei. Höfer, der Kellner, saß vorn neben dem Fahrer. Jetzt konnte ich nichts mehr tun, nur abwarten, ob Höfer Wehberg erkennen würde. Ich hatte ihm im Präsidium genau erklärt, wie er sich verhalten sollte. Wenn er Wehberg erkannte, war sicher, daß Homann der zweite Partner gewesen sein mußte; die Gegenüberstellung würde Lauckner dann ins Homanns Geschäft vornehmen. Wir rauchten, die Zeit verstrich, ich rutschte unruhig hin und her, nur Höfer saß unbeweglich und ließ die Straße nicht aus den Augen.

Ich sah Wehberg schon von weitem um die Ecke biegen und blickte unwillkürlich auf die Uhr. Wehberg wirkte elegant und selbstsicher, auch Höfer mußte ihn jetzt bemerken; ich starrte auf seinen Nacken, und da sah ich, wie er sich vorbeugte, um besser zu sehen, und sich mit der Hand über die Augen wischte. Leise sagte er: »Das ist er!«

»Wer?«

»Der Herr im blauen Anzug.«

Ich riß die Tür auf und stieg aus dem Wagen. Wehberg war keine fünf Schritte von mir entfernt, er stutzte, als er mich erblickte. Röte schoß ihm ins Gesicht, seine Lippen preßten sich fest zusammen, und er starrte an mir vorbei. Da erst sah ich, daß Lauckner und Höfer hinter mir standen. Offenbar hatte er den Kellner erkannt. »Guten Tag, Herr Wehberg«, sagte ich und deutete auf Höfer, »ich glaube, die Herren kennen sich.« Der Fahrer, der alles mit angehört hatte, öffnete einladend die Wagentür. »Ich muß Sie leider bitten, mit mir zu kommen. Es handelt sich um einen Widerspruch in Ihrer Aussage.«

Sein Protest war nur schwach. Im Wagen saß er steif und hölzern neben mir und sah starr geradeaus. Jetzt war sein Gesicht nicht mehr rot vor Wut, sondern bleich. Auf der Fahrt ins Präsidium sagte er kein Wort, und auch während der Vernehmung mußte ich jede Silbe aus ihm herausquetschen.

»Sie haben also behauptet, Herr Wehberg«, begann ich absichtlich kühl und sachlich, »daß Sie am vergangenen Montagabend bei Ihrem Schwager waren.«

»Ja.«

»Herr Homann hat uns diese Aussage bestätigt.«

»Ich weiß.«

»Sie haben sich also abgesprochen. Darf ich wissen, warum?« Da er offensichtlich nicht gewillt war, zu antworten, fuhr ich fort: »Sie wurden mit Ihrem Schwager und Herrn Zaprock zusammen auf der Terrasse des ›Restaurants am See‹ gesehen. Sie haben dort Sekt getrunken und sind gegen zweiundzwanzig Uhr gemeinsam aufgebrochen.«

»Herr Zaprock ist noch geblieben.«

Schnell hakte ich ein. »Wo?«

»Im Restaurant. Er hat uns nur bis unter die Terrasse begleitet. Dann hat er sich verabschiedet und ist in die Bar verschwunden.«

Verdammt, dachte ich, weshalb sind wir nicht selbst darauf gekommen? An die Bar hat keiner von uns gedacht, dabei kannte ich sie sogar. Man betritt sie entweder vom Restaurant aus oder durch einen separaten Eingang an der südlichen Hälfte des Hauses. Ohne mir meinen Ärger anmerken zu lassen, fragte ich weiter: »War er dort verabredet?«

»Das entzieht sich meiner Kenntnis.«

»Und was bedeutete der Trinkspruch: ›Auf gute Zusammenarbeit‹?«

»Zaprock hatte uns ein Geschäft vorgeschlagen.«

»Und Sie sind darauf eingegangen?«

»Wir hatten keine andere Wahl.«

»Was war das für ein Geschäft?«

Wehberg nahm bedächtig seine Brille ab, putzte sie umständlich und setzte sie wieder auf. Aber ich sah, daß seine Ruhe nur gespielt war. Er schien zu merken, daß er nicht mehr zurück konnte, und als er fragte, ob er rauchen dürfe, war das die erste Reaktion, die Schlüsse auf seine seelische Verfassung zuließ.

»Ich sagte Ihnen bereits«, begann er, »daß Herr Zaprock in einigen Fällen unsere Preise unterboten hatte. Das sollte gewissermaßen eine Warnung sein, aber ich habe ihn nicht für konkurrenzfähig gehalten und abgelehnt. Leider machte er Ernst.«

»Also erst einen Preissturz bestimmter Marken und Sätze und dann ein Preisdiktat?«

»Ja.«

Unsere Vermutungen stimmten, wir waren von Anfang an auf der richtigen Fährte gewesen. Bloß, wie ging es weiter? »Zaprock wollte also mit Ihnen den großen Schlag führen«, sagte ich. »Er zwang Sie an den Verhandlungstisch?«

»Mich und meinen Schwager – gewissermaßen.«

Seine Antworten wurden wieder kurz und lakonisch, ich durchschaute seine Absicht, nicht unbedingt mehr als nötig zu sagen. So ging ich zur Offensive über. »Woher wollten Sie denn wissen, daß ihm nicht nach den ersten Verkäufen der Atem ausgehen könnte?« Da er schwieg, gab ich die Antwort an seiner Stelle: »Weil Sie erfahren hatten, daß er seit

Jahren von Ausländern illegal eingeführte Briefmarken aufkaufte und seinen Lagerbestand an seltenen und wertvollen Sätzen größer ist als Ihrer.« Ich legte die Bogen mit den Luxemburg-Europa-Marken vor ihn hin. »Hat Zaprock Ihnen diese Sätze am Montag gezeigt?«

Er nickte.

»Wann hat er sie gekauft?«

»Eine halbe Stunde vorher. Im Forsthaus.«

»Von wem?«

»Von einem Ausländer.«

»Kannten Sie Zaprocks Bestand?«

»Ja.« Wehberg nannte Katalognummern und Zahlen, und mir gingen die Augen über. Der Katalogwert betrug fast zwei Millionen Lipsia-Mark, vom Kaufwert gar nicht zu sprechen.

»Wo hatte Zaprock eigentlich das Geld her?« fragte ich.

»Sein Geschäft ging nicht schlecht, und er machte immer Bargeld flüssig. Meistens aber kaufte er Ware gegen Ware.«

»Wie meinen Sie das?«

»Zaprock ist seit vierzig Jahren selbständig; in dieser Zeit sind Marken an Wert gestiegen, für die er früher Pfennige bezahlt hat. Nehmen wir nur die Sätze der Hitlerzeit und die Kriegsmarken. Die werden heute im Westen gehandelt. Was hier Makulatur ist, ist drüben ein vollgültiges und teilweise sogar wertvolles Zahlungsmittel. Und als Briefmarkenhändler hatte Zaprock alle faschistischen Marken auf Lager, die 1945 ungültig wurden.«

»Er zahlte also mit Nazimarken?«

»Ja.«

»Auch mit DDR-Sätzen?«

»Soviel ich weiß – ja.«

So also lagen die Dinge. Mit Sätzen der DDR, die er zum Händlerpreis erhielt, und mit Marken, die den faschistischen Krieg verherrlichten, schaffte sich Zaprock seinen Zweimillionen-Lipsia-Wert an kapitalistischen Marken an. Ich fragte: »Haben Sie seinen Bestand gesehen?«

»Nein.«

»Und Sie hatten keinen Grund zu zweifeln?«

»Weshalb auch?« Er hob die Arme, ließ sie aber gleich wieder resigniert sinken. Er senkte den Kopf, zögerte und sagte dann stockend: »Wir haben selbst aufgekauft, Herr Hauptmann, von Ausländern auch ... sonst wären unsere Preise doch nicht zu halten gewesen. Zaprock ist dahintergekommen, er hat uns das abgesehen und die Marken gehortet. Dann machte er sein Angebot: gegenseitige Abstimmung der Preise, Austausch des Materials, der Kunden und Verkäufer bei gleicher Gewinnbeteiligung und Preisdiktat.«

»Das bedeutet, auch die staatlichen Händler hätten ihre Preise den veränderten Bedingungen anpassen müssen?«

»Ja.«

»Sie wissen, daß das strafbar ist, Herr Wehberg. Mehrerlös, Steuerhinterziehung, Devisengesetz. Das kann Sie die Konzession kosten.«

Er nickte ergeben und war in sich zusammengesunken.

»Aber mich interessiert der Montagabend. Sie saßen also mit Zaprock und Ihrem Schwager auf der Terrasse im ›Restaurant am See‹?«

»Ja.«

»Dort zeigte Ihnen Zaprock die Luxemburg-Europa-Sätze, die er im Forsthaus gekauft hatte.

»Ja.«

»Sie wurden sich einig, tranken darauf und gegen zweiundzwanzig Uhr verließen Sie gemeinsam die Terrasse. War Zaprock betrunken?«

»Leicht. Wie wir auch.«

»Dann gingen Sie gemeinsam in die Bar und tranken weiter, nicht wahr? So bis etwa gegen dreiundzwanzig Uhr ...«

»Nein.« Er sprang auf, sein Gesicht war aschfahl, die Augen weit aufgerissen. »Das ist nicht wahr.«

»Und dann stießen Sie ihn in die Pleiße. Oder Ihr Schwager. Damit waren Sie den leidigen Konkurrenten los.«

Er hatte mit angehaltenem Atem zugehört, jetzt ließ er sich in den Sessel zurückfallen und schlug die Hände vors Gesicht. »Ich war es nicht«, stammelte er, »ich war es nicht.« Und er wiederholte den Satz zwei-, dreimal.

»Wer dann?«

»Das weiß ich nicht.«

»Aber Sie wußten doch, daß er tot ist – von wem?«

»Von Frau Küppers.«

Ich schwieg, er nahm die Hände vom Gesicht, sah mich entsetzt an, von der Stirn liefen Schweißtropfen, er wischte sie nicht einmal ab. Wehberg war ein gebrochener Mann, ich sah es auf den ersten Blick, und er wußte auch, daß er erledigt war. Jetzt hatte er den Punkt erreicht, an dem er gestanden hätte, wenn er der Mörder gewesen wäre.

»Wann sprachen Sie mit Frau Küppers?« fragte ich.

»Am Abend nach Ihrem Besuch. Zaprock meldete sich nicht mehr, obwohl wir uns für den nächsten Tag verabredet hatten. Da ging ich zu ihm, traf ihn aber nicht an, und die Hauswartsfrau erzählte mir alles. Von diesem Tag an hatte ich Angst.«

Ich schickte ihn ins Nebenzimmer, er hatte eine Pause nötig.

Lauckner hatte die Vernehmung abgewartet, jetzt kam er herein. »Na, was hat er gesagt? Homann sitzt draußen, ich habe ihn mitgebracht.« Er nahm eine Zellophanhülle aus seiner Brieftasche und schüttete ihren Inhalt auf den Tisch. Es waren Briefmarken.

»Habe ich mir gekauft«, erklärte er stolz, »hübsch, was?« Es war die Sonderausgabe »Schmetterlinge« der CSSR vom 27. November 1961.

»Ich denke, das ist nur etwas für Narren und Kinder?«

Er winkte verächtlich, packte die Marken ein und fragte: »Erzähl schon. Hat Wehberg gestanden?«

Ich teilte ihm kurz das Ergebnis der Vernehmung mit, und Lauckner kommentierte: »Also noch immer der alte Stand. Von Homann wirst du auch nicht mehr erfahren.«

Wehbergs Schwager war klein, untersetzt, und seine dunklen Augen standen nicht einen Augenblick still. Er schnaufte vor Erregung und überschüttete mich mit einem Schwall von Worten, aus denen ich nur hin und wieder ein Wort des Protestes verstand.

Ich unterbrach sein Gerede: »Herr Homann, spielen Sie kein Theater. Kommen wir zur Sache!« Er holte tief Luft, aber ich ließ ihn gar nicht erst zu Wort kommen. »Ihr Schwager, Herr Wehberg, hat bereits alles gestanden. Sie haben illegal eingeführte Briefmarken aufgekauft, Zaprocks Angebot angenommen, und Sie waren die letzten, die mit ihm zusammen gesehen wurden. Stimmt das?«

Er schnaufte wieder, krächzte dann: »Was hat das mit mir zu tun?« Offenbar wollte er sich nicht so schnell ergeben.

»Darüber reden wir später«, entschied ich. »Sie und Herr Wehberg haben jedenfalls zusammen mit Zaprock die Terrasse verlassen. Wann war das?«

»Gegen zweiundzwanzig Uhr«, entgegnete er unwillig.

»In welche Richtung sind Sie gegangen?«

»Durch das Haupttor.«

»Zaprock hat Sie begleitet?«

»Nein. Er ist in die Bar gegangen.«

»Und was haben Sie getan?«

»Wir sind mit der Straßenbahn zurückgefahren.« Er schnaufte wieder, aber da ihn Lauckner unwillig ansah, putzte er sich die Nase.

»Wann war das?« fragte ich.

»Etwa ... etwa gegen zweiundzwanzig Uhr zwanzig.« Er nannte die Linie.

»Haben Sie Zeugen?«

»Nein ... das heißt ... warten Sie einmal ...« Er sprach hastig, die Worte überstürzten sich fast, er wußte, was von dieser Frage für ihn abhing. »Wir standen im zweiten Wagen hinten auf dem Perron und unterhielten uns über das Gespräch mit Zaprock. Nach zwei Stationen, oder – warten Sie einmal – es können auch drei gewesen sein, habe ich ihn dann im Wagen sitzen gesehen. Ja, nach drei Stationen, jetzt weiß ich es wieder. Ich habe ihn gegrüßt, und er hat mir zugenickt, er muß sich noch an mich erinnern. Herr Schneider, ein Eisenbahner, er fuhr zur Nachtschicht. Das ist einer meiner Kunden, Brunnenstraße 6. Fragen Sie ihn, er wird es bestätigen.« Erschöpft hielt er inne.

»Danke, das genügt mir vorläufig.«

Als wir wieder allein waren, bot ich Lauckner eine Zigarette an; er nickte mir zu und sagte: »Das war zu erwarten.« Auch ich zweifelte nicht an Homanns Alibi, schickte aber Krampe sicherheitshalber zu diesem Eisenbahner und zu Frau Küppers, um die Aussagen zu überprüfen. Dann übergab ich den Fall Wehberg und Homann den Kollegen des Dezernates für Wirtschaftsdelikte. Lauckner ging allein in die Kantine. Mir war der Appetit vergangen.

Ich saß in meinem Zimmer, rauchte eine Zigarette nach der anderen, starrte auf die Protokolle und überlegte. Im Grunde genommen waren wir bisher nicht weiter als am Anfang. Ob Zaprocks Unfall absichtlich herbeigeführt worden war oder nicht, war immer noch nicht geklärt. Zwar sprach alles für einen beabsichtigten, gewaltsamen Tod, aber vom Mörder war keine Spur. Wehberg und Homann schieden aus. Blieb Zaprocks Tochter, Frau Wiese. Sie wurde überwacht, die Ergebnisse, die vorlagen, besagten nichts. Sie benahm sich unauffällig und hatte die Bestattung ihres Vaters vorbereitet, die übermorgen war. Auch aus Erfurt wurde nichts gemeldet, ihr Mann verließ nicht die Wohnung. Und daß Zaprock seine Tochter auf der Ausstellung nicht gesprochen hatte, stand auch fest. Krampe hatte ihre Chefin, Frau Frohberg, befragt. Wo also lag der Fehler? Nur an der Bar, die wir vergessen hatten? Durchaus möglich. Ob Zaprock dort verabredet gewesen war, ist unbekannt, und gerade jene Person konnte der Mörder sein.

Ich rief mir noch einmal all unsere Gespräche in Erinnerung. Wehberg und Homann haben die stabilsten Preise, und wir wußten jetzt auch, wie sie zustande gekommen waren. Dann fanden wir die Kataloge und die Annonce, die Zaprock aufgeben wollte, falls sich das Geschäft mit Wehberg und Homann zerschlagen hätte. Wo aber waren die Marken? Lauckners Worte fielen mir ein: »Nimm an, er hat sie seiner Tochter zur Aufbewahrung übergeben. Sie hat den Bestand angegriffen und einiges verkauft.«

War das die Lösung? Wo es einen Verkäufer gibt, muß auch ein Käufer sein. Wer kam dafür in Frage? Privatleute? Wohl kaum. Briefmarkenhändler? Das ist nicht anzunehmen. Jeder erfahrene Sammler weiß, daß er vom Händler nicht den wirklichen Wert der Marke bekommt. Frau Wiese weiß das auch, sie ist in einer Briefmarkenhandlung groß geworden, also mit den Gepflogenheiten der Händler vertraut. Wo würde sie die Marken abstoßen? Auf einer Auktion? Dort kann sie den Schätzpreis selbst bestimmen, ihr Name wird nicht genannt, weil die einzelnen Marken als Lose ausgegeben werden, und wenn es notwendig sein soll, werden die Marken vom Auktionsbüro auf ihre Echtheit von anerkannten Prüfern begutachtet.

Um mich zu vergewissern, fragte ich Oberwachtmeister Krampe, als er zurückkam und meldete, daß Wehbergs und Homanns Angaben stimmen: »Sag mal, wem würdest du deine Österreich-Sammlung verkaufen, wenn es sein müßte?«

Er sah mich verdutzt an und erwiderte: »Ich verkaufe überhaupt nicht.«

»So meine ich das nicht. Wenn du gezwungen wärst. Würdest du an einen Händler verkaufen?«

»Nie!« erklärte er überzeugt. »Auf einer Auktion wirst du nicht übervorteilt.«

»Na also.« Ich setzte ihm meine Vermutung auseinander. Er nickte nur und sagte: »Die Auktionskataloge liegen bei Zaprock. Fahren wir hin.«

Kurze Zeit später standen wir wieder in der kleinen Junggesellenwohnung des Briefmarkenhändlers. Alles war unverändert, nur ein bißchen Staub hatte sich angesammelt. Krampe holte die Auktionskataloge, und wir begannen, sie systematisch durchzuarbeiten, wobei wir unser Augenmerk auf die wertvolleren Lose richteten. Dabei stellte sich nach und nach heraus, daß bei einer der letzten Auktionen die gleiche Nummer des Einsenders immer wieder auftauchte. Im Katalog sah das so aus:

Los-Nr.:		*Lipsiaw.:*	*Schätzpreis:*
	Israel:		
485	250 bis 1000 Mils, Nr. 7 Nadelstich, sonst übl. Zahnmgl. fein (111)	7/9	1.000,-
	Luxemburg:		
1016	Brf. 1957 Sonderausgabe auf FDC (111)	572/4	350,-

	Schweiz:		
1304	1945 Pax Satz kpl. 2 Fr. zusätzl. Kopierstiftentw. sonst fein (111)	449/61	550,-
	Westberlin:		
2442	1949 Aufdruck rot fein (111)		1.200,-

Immer wieder fand ich die in Klammern gesetzte 111. Diese Nummer ist das Kennzeichen des Einsenders, des Verkäufers. Auch wenn die Marken an verschiedenen Tagen abgesandt werden, erhält der Verkäufer immer wieder die gleiche Kennummer. Auffällig war, daß diese 111 nur bei verhältnismäßig teuren Losen zu finden war. Auch bei wertvollen Marken der Auktionen in Meiningen, Dresden und Zittau tauchte oft die gleiche Zahl auf, einmal war es die 293, dann wieder die 308, nur bei den Auktionen in unserer Stadt fanden wir keine oft wiederkehrende Kennzahl. Auch das war verdächtig.

»Was meinen Sie«, fragte Krampe, »wollen wir noch weitersuchen?«

Ich klappte den Katalog zu. »Das genügt. Wir werden ja sehen, ob Frau Wiese einer dieser Einsender ist.« Dabei war ich meiner Sache bereits völlig sicher.

Im Präsidium verwandelte ich die Fernschreibzentrale für einige Stunden in einen Kommandostab. In folgenden Städten fanden nächstens Auktionen statt: Dresden, Meiningen, Berlin und Zittau. Lauckner übernahm die Nachforschungen in Meiningen mit Hilfe der dortigen Genossen, Krampe beschäftigte sich mit Dresden, und ich bat, die Berliner Kollegen, den Namen des Einsenders festzustellen.

Die erste Meldung kam aus Berlin. Hinter der verdächtigen Numer 111 verbarg sich der Name Herbert Ziemer.

Das enttäuschte mich, ich hatte fest mit Frau Wiese gerechnet. Ich ließ mir die Adresse geben. Der Mann stammte aus unserer Stadt und wohnte am Forsthaus 7. An jenem Forsthaus vielleicht, an dem Zaprock von einem Ausländer Marken gekauft hatte? Zum Nachdenken blieb nicht viel Zeit. Meiningen meldet sich und nannte den Namen: Herbert Ziemer, Am Forsthaus 7. Und auch Dresden berichtete: Einsender Herbert Ziemer, Am Forsthaus 7.

Wir sahen uns an. Niemand hatte mit einer solchen Wendung gerechnet, ein uns völlig unbekannter Mann war Verkäufer von Marken, deren Wert bereits in die Zehntausende ging. Im Wagen schwiegen wir, eine ungewöhnliche Spannung lastete auf uns, und ich fragte mich, wer dieser Herbert Ziemer sei.

Der Mann, der uns öffnete, war etwa 35 Jahre alt, sein Gesicht war verquollen, die Augen gerötet und die Haare zerzaust; alles an ihm wirkte ungewaschen und ungepflegt.

»Sind Sie Herr Ziemer?«

Er war so verdattert, daß er nur nicken konnte.

»Kriminalpolizei!« Wir traten ein. In der Wohnung roch es nach kaltem Tabakrauch, abgestandenem Bier und Fusel. Nichts war aufgeräumt, auf dem Tisch standen noch Speisereste, Kleidungsstücke lagen herum; alles im verwahrlosten Zustand.

»Herr Ziemer«, sagte ich, »uns ist bekannt, daß Sie etliche wertvolle Briefmarken auf verschiedenen Auktionen versteigert haben.«

»Na und? Seit wann ist das verboten?«

»Natürlich ist das nicht verboten. Wir möchten nur wissen, woher Sie die Marken haben?«

»Die sind aus meiner Sammlung.«

»Kann ich die mal sehen?«

»Tut mir leid. Habe ich verkauft.«

Ich bemerkte, daß Lauckner unverwandt unter das

Sofa sah, dort blickte die Ecke eines braunen Lederkoffers hervor. Auch Ziemer schien es gesehen zu haben, rutschte nervös auf dem Stuhl hin und her.

»Was haben Sie eigentlich am Montagabend gemacht«, fragte ich, »kurz nach dreiundzwanzig Uhr?«

»Am Montag?« wiederholte er. »Da habe ich geschlafen. Ich gehe immer zeitig zu Bett.«

»Kennen Sie eigentlich Herrn Zaprock?«

Er grinste. »Na klar. War ja mein Vater. Bin sozusagen sein Sündenfall.«

»Also unehelich. Aber wieso war er Ihr Vater?«

Er zuckte zusammen. »Na ja, na ja«, stotterte er, »ich meine ...«

Lauckner stand wortlos auf, holte den Koffer hervor und öffnete ihn. Es waren Zaprocks Marken, die hier fein säuberlich in Schutzhüllen verpackt waren. Sogar die Aufstellung lag dabei, ich erkannte Zaprocks Handschrift.

»Woher haben Sie die Marken?« fragte ich.

Ziemer schluckte. »Mein Vater hat sie hier ausgelagert.«

»Warum haben Sie ihn umgebracht?« fragte ich leise.

Er schluchzte trocken, dann schrie er: »Aber ich wollte es nicht, Herr Kommissar, glauben Sie mir, ich wollte es wirklich nicht. Bestimmt.« Er sah mich flehend an, ich antwortete nicht. »Er war blau, als ich ihn in der Bar traf. Und er erzählte mir, daß er sich geeinigt hat mit Wehberg und Homann ... Ich wollte ihm die Wahrheit sagen, daß ich Marken verkauft habe, glauben Sie mir doch, und dann ... dann auf der Brücke wurde ihm schlecht ...«

Ich kannte die Brücke im Ausstellungsgelände, die über die Pleiße führt. Das Geländer war nur einen halben Meter hoch.

»Er beugte sich darüber, und auf einmal, auf einmal …« Er weinte jetzt, und ich sagte hart: »Sie stießen ihn ins Wasser!«

»Ja. Aber ich wollte es wirklich nicht … Glauben Sie doch.«

»Kommen Sie!«

Wir nahmen ihn in die Mitte, er folgte willig wie ein Kind. Während der Fahrt fragte ich ihn: »Haben Sie oder Ihr Vater die Marken von Ausländern aufgekauft?«

Er sagte: »Beide.«

Den Rest der Fahrt weinte er still vor sich hin.

1965

Hans Siebe

Funktaxi 1734

Kriminalmeister Schmidt erzählt

Das Taxi hielt neben dem Gehweg, die Türen standen offen, innen brannte das Licht, der Fahrer war über das Lenkrad hingesunken und stöhnte leise.

Die Nacht war klar, nur einige Wolkenfetzen zogen über den Sternenhimmel hin, die Luft war angenehm kühl nach der Tageshitze, es roch nach geschnittenem Gras.

Wir waren gleichzeitig mit dem Rettungswagen eingetroffen, er stand hinter dem Taxi, einem schwarzen Wolga. Der Fahrer hatte vergessen, die blaue Rundleuchte abzuschalten, das Blinklicht flackerte rhythmisch.

Hauptmann Herbert Kühn und ich versahen den Kriminaldauerdienst. Gegen zwei Uhr war die Meldung eingetroffen, daß der Schichtarbeiter Klaus Beutel vom Reichsbahnausbesserungswerk Revaler Straße auf dem Nachhauseweg, nahe einem Laubengelände in Nordend, ein überfallenes Taxi aufgefunden hatte. Der Fahrer schien ernstlich verletzt zu sein.

Wir hatten die Meldung skeptisch aufgenommen.

Taxiraub? Der letzte Fall lag schon lange zurück. Nun stand aber fest, daß Klaus Beutel recht gehabt hatte. Für die Tatortaufnahmen benutzte ich die Importkamera, die in wenigen Sekunden fertige Bilder liefert. Die Krankenfahrer warteten geduldig darauf, daß ich fertig wurde. Sie hoben danach den bewußtlosen Taxifahrer vom Sitz, legten ihn behutsam auf die Trage und schoben diese in den Wagen. Der Begleiter setzte sich neben den Verletzten, der Fahrer rannte um das Fahrzeug herum, schob sich hinter das Lenkrad, der Motor startete, und das Rettungsfahrzeug fuhr ab. Das Martinshorn zerriß die Nachtstille.

Unser Techniker sicherte im Wageninnern Fingerspuren, Hauptmann Kühn sprach mit dem Führer der Funkstreife, die vor uns eingetroffen war und die den Tatort sicherte.

Ich beugte mich in das Taxi hinein. Alkoholdunst schlug mir entgegen. Zwischen den Vordersitzen lag eine volle Weinflasche »Natalie«. Regina und ich tranken diese Sorte gelegentlich. Auf dem Etikett entdeckte ich Schmierblut, die Flasche war das Tatwerkzeug, der Taxifahrer war damit niedergeschlagen worden.

Herbert trat an die Tür zum Beifahrersitz und sah mir zu. Der Tatablauf ließ sich ziemlich sicher rekonstruieren, ich berichtete: »Der Fahrer hat kassiert und sich nach rechts umgedreht. Er hielt dabei seine Brieftasche in den Händen, dann traf ihn der Schlag. Die Geldtasche rutschte zwischen die Vordersitze, die Weinflasche fiel darauf. Dem Täter entging ein Fünfzigmarkschein, der zu Boden geflattert war.«

Herbert nickte. Er stimmte also meiner Tatversion zu. Ich wies auf das Funkgerät des Taxis, ein Schild am Armaturenbrett teilte mit, daß das Fahrzeug dem VEB TAXI gehörte und die Einsatznummer eins-sieben-drei-vier führte.

Herbert kannte sich mit dem Funkgerät aus, er drückte eine Taste, es knackte, und aus dem Lautsprecher klang eine blecherne Stimme: »Einsatz, Schnabel! Bitte kommen!«

Herbert räusperte sich und antwortete: »Hier Taxi 1734. Am Gerät Volkspolizei, Hauptmann Kühn! Verstehen Sie mich?«

Einige Sekunden summte es nur, dann kam es ärgerlich aus dem Lautsprecher: »Laß doch den Blödsinn, Willi! Sag, was du willst!«

»Kollege Schnabel, es handelt sich leider um keinen Scherz! Das Taxi 1734 ist überfallen worden. Wann hatten Sie den letzten Funkkontakt?«

Einsatzleiter Schnabel brauchte einige Zeit, dann begriff er. »Den letzten Kontakt? Vor 'ner guten halben Stunde etwa.«

»Was heißt etwa? Wissen Sie es nicht genau?« fragte Herbert ungeduldig.

»Vielleicht waren's auch nur fünfundzwanzig Minuten, da hab ich den Kollegen Bechthold zur ›Grotte‹ geschickt.«

Ich sah auf die Armbanduhr, sie zeigte zwei Uhr und zwei Minuten.

Nach eindringlicher Befragung gab der Einsatzleiter zu, daß die Funkverbindung doch schon länger zurückliegen müsse. Die Anforderung war telefonisch aus der »Grotte« gekommen. Bechthold hatte sich mit dem Taxi 1734 dem Lokal am nächsten befunden und den Auftrag übernommen. Herbert beendete das Gespräch.

Ich sah mir die Brieftasche an, sie war aus Kunstleder und wurde schon länger benutzt. Obwohl ich Gummihandschuhe trug, berührte ich sie nur an den Kanten. Der Ausweis verriet, daß Willi Bechthold vor zwei Tagen dreißig Jahre alt geworden war und daß er den Beruf eines Bäckers erlernt hatte. Er wohnte in Berlin-Weißensee.

Ich schob die Brieftasche behutsam in den Zellophanbeutel, sie enthielt nur den Personalausweis, die Fahrerlaubnis mit Berechtigungskarte ohne Stempel, einen Zettel mit Notizen und einen Reparaturschein für eine Armbanduhr. Die Tasche hatte dem Fahrer vermutlich zur Aufbewahrung der Geldscheine gedient, die Münzen hatte Bechthold in einem Lederbeutel mit Schnappverschlußbügel in der Jackentasche getragen.

Herbert sah mich fragend an. »Kennst du die ›Grotte‹, Heinz?«

Ich nickte. Das Lokal war eine kleine verräucherte Kneipe gewesen, wo man vorwiegend am Schanktisch trank. Die Stammgäste arbeiteten in der nahen Meierei. Als diese geschlossen wurde und in Heinersdorf der neue Milchhof die Produktion aufnahm, da machte auch die Destille dicht. Die HO-Gaststättenverwaltung übernahm das Objekt, bezog in den Umbau den benachbarten leeren Laden ein, und so entstand eine moderne Gaststätte, die »Grotte«. Sie schloß zwar um zwei Uhr, aber vielleicht trafen wir den Gaststättenleiter doch noch an.

Die Funkstreife blieb am Tatort zurück und wartete auf den Abschleppwagen, das Taxi sollte zum Kriminalistischen Institut überführt werden.

Den Wartburg fuhr Herbert selbst, ich musterte ihn verstohlen, er war heute nicht gesprächig, darum überließ ich mich meinen eigenen Gedanken.

Herbert stoppte vor der »Grotte«, der Eingang war verschlossen, ein Scherengitter sicherte ihn. Durch die bunten Glasscheiben der Eingangstür fiel diffuses Licht. Drinnen brannte wohl nur eine Nachtbeleuchtung. Ich trat an das Scherengitter und sah, daß im Lokal das Licht noch schwächer wurde. Wir liefen zur Haustür, im Flur ging die Nachtbeleuchtung an, Schlüssel klapperten, dann traten der Objektleiter und ein Kellner auf die Straße heraus. Sie stutzten, als wir plötzlich vor ihnen standen, und sahen uns verwundert an, als wir unsere Ausweise zeigten.

Wenig später saßen wir uns im Gastraum gegenüber. Die Bar wirkte wie aus blanken Felsen herausgemeißelt, die Innenarchitekten hatten mit Gips und Kunststoffen eine Felsendekoration hingezaubert, die verblüffend echt wirkte. Herr Schiemann, so hieß der Objektleiter, knipste die Wandlampe über unserem Tischchen an, der Kellner, ein Herr Walter, gähnte mißvergnügt.

Schiemann rauchte eine Importzigarette, Alkoholgenuß war ihm nicht anzumerken, nur der Kellner roch nach Bier. Der Objektleiter sah ihn fragend an. »Hattest du das Taxi bestellt?«

Herr Walter nickte, er schien nicht begeistert, hier Auskunft geben zu müssen. Das war verständlich, er wollte nach Hause. Als wir ihm sagten, daß der Taxifahrer überfallen und beraubt worden war, zeigte er sich bereitwilliger. Herbert fragte, und ich stenografierte folgenden Sachverhalt:

Der Kellner erinnerte sich an ein Pärchen am Tisch 6, er schätzte es um zwanzig, bei ihm saß ein Jugendlicher. Nach einem mahnenden Blick des Objektleiters betonte er, sich räuspernd, daß dieser junge Mann selbstredend achtzehn Jahre alt gewesen sei.

Ich lächelte verstohlen, die beiden fürchteten Schwierigkeiten wegen Verstoßes gegen das Gesetz zum Schutze der Jugend. Der beschriebene Jüngling mochte also durchaus jünger als achtzehn Jahre gewesen sein.

Kellner Walter berichtete, daß der besagte junge Mann im Besitz von zwei Schießbudentrophäen gewesen sei, einem Teddybär und einer Flasche Wein.

Herberts Miene verriet nicht, wie gespannt er auf

die Antwort war, als er fragte: »Erinnern Sie sich an die Weinmarke, Herr Walter?«

Ohne zu überlegen, antwortete dieser: »›Natalie‹.«

Das Pärchen und der Jüngling hatten zwar gemeinsam am Tisch gesessen, waren aber getrennt gekommen.

»Und wer hat das Taxi bestellt?« fragte Herbert.

»Das Pärchen«, antwortete Herr Walter und gähnte.

»Erinnern Sie sich, wann?«

Der Kellner legte die Stirn in grüblerische Falten und zuckte die Schultern. »Vielleicht erfahren Sie das im VEB TAXI?«

Herberts weitere Fragen brachten uns nicht weiter, doch wir erfuhren immerhin, daß der Jüngling zusammen mit dem Pärchen in das Taxi eingestiegen war, er hatte seinen Teddy vergessen, Herr Walter hatte ihn nachgetragen.

Wir fuhren zurück zur Dienststelle. Ich schrieb den Tatortbericht, und Herbert telefonierte unermüdlich, um festzustellen, wieviel Geld der Täter erbeutet hatte. Das war morgens um vier Uhr nicht einfach, doch jede Stunde mußte genutzt werden.

Ich drehte den letzten Formularbogen aus der Maschine, Herbert lehnte sich auf dem Stuhl zurück, kippelte aber nicht mehr wie früher. Das tat er nie mehr, seit er mit einem Sitzmöbel zusammengebrochen war. »Bechthold hat siebenhundert Mark bei sich gehabt«, sagte Herbert.

Ich pfiff erstaunt durch die Zähne. 700 Mark waren ein ungewöhnlich hoher Betrag. Herbert ergänzte: »Er hat gestern nicht abgerechnet, zum erstenmal übrigens!«

»Was?«

»Daß er das Geld von zwei Touren bei sich hatte, es ist nicht zulässig.«

In der Tat, ein merkwürdiger Zufall. Herbert telefonierte bereits wieder, diesmal mit dem Krankenhaus. Bechtholds Zustand war unverändert, an eine Befragung war nicht zu denken. Herbert legte den Hörer enttäuscht auf.

Ich schob ihm den Tatortbericht über den Tisch, während er las, goß ich mir Kaffee aus der Thermosflasche in die Tasse und aß meine mit Gutsleberwurst belegten Schnitten. Regina hatte nur wenig Senf draufgetan. In den von mir bevorzugten Mengen sei Senf ungesund, behauptete sie. Sie konnte die ehemalige Krankenschwester eben nicht verleugnen.

Herbert legte den Bericht auf den Tisch und nickte. Dann hob er schnuppernd die Nase. »Leberwurst!« Im gleichen Atemzug fügte er hinzu: »Hier fehlt nur der Hinweis, daß der Suchhund ohne Erfolg eingesetzt wurde, Heinz!«

Ich ärgerte mich, der Einwand war berechtigt. Der Hund hatte keine Spur angenommen, ich hatte vergessen, das zu erwähnen.

Willi Bechthold, der Taxifahrer, wohnte in Weißensee, am Stadtrand, nahe einer Industriebahn, in einer Gegend mit niedrigen Einfamilienhäuschen in großen Gärten.

Es war fünf Uhr morgens, als ich den Wartburg vor der Gartentür stoppte. Wir fuhren abwechselnd, diesmal saß Herbert auf dem Beifahrerplatz. Sehr nahe pfiff eine Lokomotive, dann fuhr sie ratternd und fauchend, nur einen Waggon hinter sich herziehend, vorbei. Ein Hund bellte, irgendwo krähte ein Hahn.

Wir stiegen aus und blickten interessiert über den Gartenzaun, schließlich waren wir selbst Schrebergärtner, unsere Parzellen lagen nahe beieinander. Herbert betrieb die Hobbygärtnerei mit Perfektion und abgezirkelten Beeten, ich war mehr für eine natürliche Wildnis. Viehzeug besaßen wir nicht, dafür fehlte es uns an Zeit.

Bechtholds Grundstück war ein typischer Ertragsgarten, sein Erdbeerbeet war größer als meine ganze Parzelle. An den Halbstämmen hingen gelbe Klaräpfel, einige waren abgefallen, und hinter einem Drahtzaun scharrten zwei Dutzend Hühner. Das Häuschen war hellgrau angestrichen, das Dach glänzte frisch geteert. Der hölzerne Staketenzaun hatte eine schmale Pforte, daneben eine zweiflügelige Einfahrt. Auf dem Kiesweg zur Garage markierten sich Reifenspuren, nach der Spurbreite zu urteilen, besaß Bechthold einen Trabant.

Ich drückte auf den Klingelknopf, in dem Häuschen schrillte eine elektrische Glocke, doch drinnen rührte sich nichts. Nach zwei Versuchen gaben wir auf, es war niemand da. Im Nachbargarten schlurfte eine ältere Frau näher und musterte uns. Als wir uns ausgewiesen hatten, berichtete sie: »Frau Bechthold ist schon vor 'ner Stunde weg – mit 'n Taxi! Aber nicht mit ihrem Mann!«

Wir bedankten uns und fuhren wieder ab, vermutlich hatte ein Kollege Bechtholds Frau ins Krankenhaus gefahren. »Also, zur Unfallstation«, meinte Herbert.

Bechthold lag noch immer ohne Besinnung, aber Lebensgefahr bestand nicht mehr, versicherte der Arzt. Frau Bechthold saß im Wartezimmer und war nicht dazu zu bewegen, nach Hause zu gehen. Sie arbeitete bei REWATEX, der Textilreinigung, und würde heute fehlen.

Nachdem Herbert mit der Taxizentrale gesprochen hatte, war ein Kollege nach Weißensee gefahren und hatte Frau Bechthold ins Krankenhaus gebracht. Die Tochter, sechs Jahre alt, befand sich zur Zeit im Betriebsferienheim.

Frau Bechthold wandte sich unschlüssig an Herbert: »Ob ich Heike zurückhole, damit sie ihren Vater besuchen kann?«

Herbert schüttelte den Kopf. »Nein, Frau Bechthold, lassen Sie dem Kind seine unbeschwerten Ferien. Sie haben gehört, es besteht keine Lebensgefahr für Ihren Mann.«

Ich balancierte den Stenoblock auf den Knien, während Herbert behutsam Fragen stellte. Verstohlen musterte ich die Frau, die mir gegenübersaß. Sie war siebenundzwanzig Jahre alt, wirkte aber jünger, besaß einen blassen Teint und errötete rasch.

»Ihr Mann ist beraubt worden, Frau Bechthold!«

Sie nickte. »Ich weiß es von Kutte!« Auf Herberts fragenden Blick ergänzte sie: »Willis Kollege.«

»Er hatte mehr Geld als sonst bei sich«, sagte Herbert. Davon wußte Frau Bechthold nichts, sie sah Herbert verwundert an. »Trug er auch noch eigenes Geld bei sich, Frau Bechthold?«

Die junge Frau antwortete entschieden: »Nein, bestimmt nicht.«

»Das klingt sehr überzeugt«, sagte Herbert.

»Ich weiß es, er wollte nämlich gestern Geld von mir haben, Herr Kühn!«

»Ach, ja?« meinte Herbert.

Frau Bechthold zögerte, es schien ihr peinlich zu sein, vor Fremden darüber zu reden, doch sie überwand sich. »Die Zeitungsannonce – ein Kassettenrekorder für 350 Mark! Willi war gleich hingefahren und hatte 50 Mark angezahlt, den Rest sollte er beim Abholen mitbringen.«

»Und?«

Bechtholds Frau erklärte zögernd: Er weiß, daß ich immer etwas in Reserve habe, paar hundert Mark, aber ...« Sie brach ab.

»Aber«, wiederholte Herbert.

»Ich konnte ihm nichts geben.«

Herbert war damit nicht zufrieden. »Heißt das, daß Sie nichts mehr besaßen?«

Frau Bechthold zögerte, sagte dann: »Nein, ich hatte meinem Bruder 400 Mark geborgt.«

Herbert erfragte, daß dieser drei Jahre jüngere Bruder, Heinz Gotttschalk, auf der Baustelle Fennpfuhl eine Planierraupe fuhr. Die junge Frau glaubte wohl, daß wir uns nun zufriedengeben würden, doch Herbert wollte noch wissen: »Wozu brauchte er denn das Geld, Frau Bechthold?«

»Er hat sein Motorrad aus der Werkstatt abgeholt«, antwortete sie.

Wir verabschiedeten uns, sie lehnte es ab, mitzukommen. Unterwegs tauschten wir unsere Meinungen aus, wir stimmten darin überein, daß Frau Bechthold uns etwas verschwiegen hatte.

Auf der weitflächigen Baustelle Fennpfuhl war es schwierig, Gottschalks Transportbrigade zu finden. Die Aussicht, gerade hier in der Ermittlung weiterzukommen, war gering, doch gehörte es zur Routine, wichtige Aussagen zu überprüfen.

Der Brigadier war ein Mann Mitte Dreißig, er lag unter einem Kipper und zog Schraubenmuttern fest. Als er mich bemerkte, kroch er unter dem LKW hervor und stand im schmuddeligen Overall vor mir, breitschulterig und hochgewachsen. In seinem großflächigen Gesicht waren Ölflecke, er wischte die Hände an einem Putzlappen sauber und sah mich fragend an.

»Volkspolizei, Kriminalmeister Schmidt!« Ich zeigte ihm meinen Dienstausweis. Er sah nur flüchtig darauf und nickte.

»Ich möchte Heinz Gottschalk sprechen.«

Der Brigadier schob den Hut in den Nacken, seine Brauen schoben sich über der Nasenwurzel zusammen. »Liegt gegen Heini wieder was vor?« Sein

Dialekt verriet, daß er zu jenen Bauarbeitern gehörte, die aus den nördlichen Bezirken der Republik nach Berlin gekommen waren.

Gottschalk war also kein unbeschriebenes Blatt. »Wie meinen Sie das?« fragte ich.

»Ob er wieder was ausgefressen hat, meine ich. Das täte mir leid, wo er gerade erst zwei Monate raus ist und den Rest auf Bewährung gekriegt hat.«

»Wieviel hätte er denn noch absitzen müssen?«

»Halbes Jahr. Wußten Sie das nicht?«

»Nein.« Das also war es gewesen, was Frau Bechthold uns verschwiegen hatte.

»Er fährt 'ne Planierraupe beim Objekt C«, sagte der Brigadier und beschrieb mir den Weg.

Ich bedankte mich und sagte: »Sie brauchen es nicht an die große Glocke zu hängen, es handelt sich nur um eine Zeugenaussage!«

Der Brigadier nickte. »Geht klar, Genosse Kriminalmeister.«

Heinz Gottschalk thronte hoch über mir in seiner Planierraupe, ich mußte den Kopf in den Nacken legen, um mit ihm reden zu können. Der Motor donnerte, ich schrie, um mich verständlich zu machen. Gottschalk schluckte verblüfft und wechselte die Farbe, als er hörte, wer ihn sprechen wollte. Dann schaltete er den Motor aus und sprang herab. Er war ebenso groß wie ich, nur schmächtiger. Die Haare trug er kürzer als die meisten seiner gleichaltrigen Kollegen. Kein Wunder, wo er vor zwei Monaten erst aus der Strafanstalt entlassen worden war. Doch es sah aus, als wollte er das Haar von nun an nicht mehr stutzen.

Gottschalk kramte eine Zigarettenpackung aus der Tasche und rauchte eine Zigarette an. Er täuschte zwar Gelassenheit vor, vermochte aber das Händezittern nicht zu verbergen.

»Ihr Schwager Bechthold liegt im Krankenhaus,

Herr Gottschalk. Ihre Schwester ist bei ihm.«

Heinz Gottschalk starrte mich an, er wartete wohl darauf, daß ich weitersprach. Als ich schwieg, fragte er nervös: »Was ist denn mit Willi? Unfall?«

Ich schüttelte den Kopf. »Nein, kein Unfall! Er – ist niedergeschlagen und beraubt worden.«

Gottschalk inhalierte den Zigarettenrauch, verschluckte sich und hustete, seine Augen tränten. Als er wieder Atem bekam, wiederholte er: »Beraubt?« Dabei vermied er, mich anzusehen, er starrte auf einen imaginären Punkt irgendwo hinter mir.

»Wie stehen Sie zu Ihrem Schwager?« fragte ich.

»Ach so, verstehe, ein Vorbestrafter ist natürlich verdächtig, noch dazu, wenn er gerade erst aus dem Knast kommt! Meinen Sie, ich habe ihn auf den Wirsing gekloppt und ...«

Gottschalk stockte und schwieg.

»Woher wissen Sie, daß er auf den Kopf geschlagen wurde?«

Bechtholds Schwager schluckte verblüfft. »Woher ich ...« Er verstummte, ergänzte dann: »Gewußt? Nichts habe ich gewußt, woher auch? Ich dachte nur, wenn er niedergeschlagen wurde ...«

Wir standen uns schweigend gegenüber. Dann fragte ich: »Wann waren Sie zuletzt mit ihm zusammen?«

»Gestern.«

In der Nähe begann eine Ramme einen Eisenträger senkrecht in den Boden zu stampfen. Ich hob meine Stimme an: »Wann, gestern?«

Unversehens schlug Gottschalks Zurückhaltung in Mitteilungsbedürfnis um. »Ich war im Schuppen, als Willi kam, habe mein Motorrad geputzt. Das war ziemlich eingestaubt in den zwei Jahren.« Er sah mich forschend an, ich nickte ermunternd.

»Daß ich zwei Jahre im Knast war, wissen Sie ja wohl.« Es klang wie eine Feststellung, nicht wie eine

Frage. »Noch 'n halbes Jahr auf Bewährung. Aber bei mir spielt sich da nichts mehr ab, verstehen Sie?« Das klang beinahe beschwörend. »Meine Karre hatte solange in der Werkstatt gestanden, 450 Mark mußte ich berappen. Also, was soll ich drumrumreden, meine Schwester hat mir 400 Piepen geborgt. Ich zahl sie in Raten zurück.«

»Wußte Ihr Schwager davon?«

Gottschalk schüttelte den Kopf. »Nein. Er ist knauserig, aber Traudi hat es selbst verdient, was geht's ihn da an? Er brauchte es nicht zu wissen. Darum habe ich mich gewundert, als er davon anfing.«

»Er brauchte Geld für einen Rekorder.«

»Das wissen Sie auch?« fragte Gottschalk erstaunt. »Zuerst war er sauer, weil ich meine ES schon aus der Werkstatt abgeholt hatte.«

»Später war er es nicht mehr?«

»Es war eben nicht mehr zu ändern. Wir haben überlegt, wo wir Geld auftreiben könnten. Es war ja wirklich ein Gelegenheitskauf.« Gottschalk zuckte die Achseln. »Dann meinte er, er werde wohl verzichten müssen.«

Als ich in meinen Dienstwagen stieg, hatte Gottschalk seine Planierraupe wieder erklommen und starrte hinter mir her.

In der Dienststelle war während meiner Abwesenheit die Ermittlung auf vollen Touren weitergelaufen. Eine Sonderkommission »Grotte« war gebildet worden, ihr gehörten achtzehn Genossen der K an, zum Leiter hatte man Herbert bestimmt. Es war die Aufgabe der Kommission, die Gäste, die am gestrigen Abend die »Grotte« besucht hatten und die Identität des Paares sowie des Jünglings vom Tisch 6 festzustellen.

Während ich auf der Baustelle Fennpfuhl herumstakte, waren Objektleiter Schiemann und der Kellner Walter aus ihrem kurzen Schlaf gerissen worden, ebenso das übrige Personal der »Grotte« einschließlich Küchenhilfen und Toilettenfrau. Man hatte sehr schnell jene Gäste ermittelt, die dem Personal namentlich bekannt waren. Die Befragungen an den verschiedenen Arbeitsplätzen, darunter waren ein Krankenhaus und das Postmuseum, führten rasch zum Erfolg. Die Verkäuferin in einem Schreibwarenladen erinnerte sich, daß der ihr persönlich bekannte 23 Jahre alte Kurt Seiffert mit einem Mädchen am Tisch Nummer 6 gesessen hatte und dort auch ein Teddybär thronte. Außer dem Mädchen hatte noch ein junger Mann am gleichen Tisch gesessen. Das war der Ermittlungsstand, als ich vom Fennpfuhl zurückkam.

»Du kommst gerade richtig, Heinz«, empfing mich Herbert. Zwischen einigen Telefongesprächen – meist waren es Meldungen der Kommissionsmitglieder – informierte er mich. Ich sollte zum Milchhof Heinersdorf fahren, dort arbeitete dieser Kurt Seiffert.

»Endlich eine heiße Spur«, sagte ich.

»Hoffen wir's«, dämpfte Herbert meine Zuversicht.

Die Produktionshalle im Milchhof zu betreten wurde mir nicht gestattet. Ich ließ Seiffert daher in den Kulturraum kommen. Ich saß nahe am Fenster und blickte auf die Straße hinaus, am Nebentisch saßen einige Männer, ihrer lauten Unterhaltung konnte ich entnehmen, daß sie die großen Milchtanker fuhren.

Endlich kam ein junger Mann im weißen Drillichanzug herein und blickte sich suchend um. Ich hob die Hand, er kam näher. Seiffert war mittelgroß, hatte fuchsiges Haar, das blasse Gesicht war mit Sommersprossen bedeckt. Seine Hände waren von Reinigungslaugen gerötet. »Volkspolizei?« fragte er verwundert, ehe er sich setzte.

»Ja, Herr Seiffert, die wichtigste Frage gleich voraus: Wo waren Sie gestern abend?«

»Gestern abend? In der ›Grotte‹. Warum?«

»Waren Sie allein?«

»Nein, mit Gabi. Weshalb fragen Sie denn?«

Ich ignorierte die Frage und erfuhr, daß Gabi in der Produktionshalle an einer Milchabfüllanlage arbeitete. Es dauerte nur wenige Minuten, dann saß sie mir ebenfalls am Tisch gegenüber.

Gabi Heinze war 20 Jahre alt, schmächtig, unauffällig, aber sie lächelte gern und nutzte jeden Anlaß dazu. In einem bunten Sommerkleid statt des unförmigen Arbeitskittels und ohne die strenge Kopfhaube mochte sie recht nett anzusehen sein. Wir sprachen über den Besuch in der »Grotte«, beide beantworteten meine Fragen ungezwungen.

Der Jüngling mit dem Teddybär war gegen einundzwanzig Uhr zusammen mit einem Mädchen in der »Grotte« erschienen. Das Mädchen war eine halbe Stunde später gegangen.

»Warum fragen Sie das alles?« erkundigte sich Gabi Heinze, die ihre Neugierde nicht länger bezähmen konnte.

Ich beobachtete beide und antwortete: »Der Taxifahrer, den Sie bestellt haben – wann übrigens?«

»Um dreiviertel eins«, antwortete Seiffert.

»Also, dieser Taxifahrer ist niedergeschlagen und beraubt worden!«

Gabi Heinze und Kurt Seiffert starrten mich sprachlos an, danach wechselten sie einen ratlosen Blick. »Mein Gott – das ist ja furchtbar!«

»Bitte, schildern Sie den gestrigen Abend noch einmal ganz genau.«

Herbert hörte meinen Bericht an. Er nickte zustimmend, als ich sagte, daß ich die Heinze und Seiffert nicht von der Arbeit wegholen wollte. Sie würden nach Schichtende herkommen, um das Protokoll zu unterschreiben. Es bestand kein Zweifel mehr daran, daß der junge Mann mit dem Teddy und der Flasche »Natalie« dringend tatverdächtig war.

Gabi Heinze und Seiffert hatten ihn als »netten Jungen« bezeichnet, sie konnten es sich nicht vorstellen, daß er den Taxifahrer brutal niedergeschlagen und beraubt haben sollte. Aber wer sonst kam in Frage.

Herbert stand auf und trat ans Fenster. Es bot nur Ausblick in den Hofschacht und auf die hellgefliesten Fassaden des gegenüberliegenden Gebäudetraktes. Er drehte sich um und sah, daß ich meine Notizen sortierte.

»Wer sagt denn, daß sich das alles nicht völlig anders abgespielt hat?«

»Der große Unbekannte?«

Herbert zuckte die Schultern. »Der Junge könnte ausgestiegen sein und die Flasche vergessen haben.«

»Seiffert und die Heinze sind bis Rathaus Pankow mitgefahren, haben dort bezahlt. Der junge Bursche ist Richtung Nordend weitergefahren – und dort ist der Tatort! – Ist Bechthold schon bei Besinnung?«

»Ja«, sagte Herbert, »aber noch nicht vernehmungsfähig. Ich habe vor 'ner Stunde telefoniert.«

Ich notierte weiter meine Aufzeichnungen und meinte nebenher: »Bechthold und sein Schwager haben gestern abend beraten, wie sie zu Geld kommen könnten«

»Glaubst du, daß sie den Überfall vorgetäuscht haben? Hätte Bechtholds Schwager dann diesen Hinweis geliefert? Nein, mein Lieber, das haut nicht hin.«

Das Telefon läutete. Herbert nahm den Hörer ab und meldete sich. »Verschwunden? Einfach von der Raupe weg? Und wer sind Sie? Der Brigadier? Gut, wir kümmern uns darum.« Herbert legte den Hörer auf. Ich fragte: »Gottschalk ist verschwunden?«

Herbert nickte. »Ja. – Gut, daß du dem Brigadier unsere Rufnummer gegeben hast.«

»Meine Nase«, murmelte ich, und beeilte mich, über Bechtholds Schwager einige telefonische Auskünfte einzuholen. Gottschalk wohnte in der Pettkoferstraße. Er war wegen schwerer Körperverletzung verurteilt worden, hatte sich in der Strafhaft gut geführt und war deshalb vorzeitig entlassen worden.

Herbert sprach mit der Funkleitstelle und gab den Auftrag, einen Streifenwagen zur Pettkoferstraße zu schicken. Ich sollte ebenfalls Gottschalks Wohnung aufsuchen.

Der Wolga der Funkstreife war vor mir da, er parkte schräg gegenüber dem Haus, in dem Gottschalk wohnte. Der Streifenführer kannte mich von einem früheren Einsatz. »Der Vogel ist leider ausgeflogen, Genosse Kriminalmeister«, sagte er.

Wir liefen über einen engen Hof zum Quergebäude. In einem winzigen Gärtchen kümmerten einige Blumen, es waren sonnenhungrige Sorten und hier am falschen Platze. Doch neben dem Mülltonnen wucherten üppig Holundersträucher.

Im Treppenhaus roch es nach Wäsche und Bohnerwachs. In jeder Etage gab es drei Wohnungstüren. Gottschalk wohnte im zweiten Stock, bei einer verwitweten Frau Gast, er hatte ein Leerzimmer gemietet.

Die Frau führte uns bereitwillig über den Flur zu einer Stubentür. »Ich hab 'n Schlüssel«, murmelte sie, »ich halt ihm das Zimmer sauber. So was, so'n ruhiger Mieter, und nun das! Bitte, kommen Sie!«

Die Unordnung in Gottschalks Zimmer verriet, daß er eilig die notwendigsten Sachen eingepackt hatte, alle übrigen Kleidungsstücke lagen verstreut umher. Das Mobiliar bestand aus altväterlichen Stücken, aber auch aus neueren, diese Mischung war beinahe schon wieder modern. Die Stube wirkte sicher gemütlich, wenn sie aufgeräumt war.

Auf einem Tisch stand ein Fernseher. Frau Gast meinte: »Neu – auf Teilzahlung. Hat denn Herr Gottschalk was angestellt?« Sie rieb nervös ihre Arme und musterte uns unbehaglich, besonders den Streifenführer, wohl, weil der uniformiert war.

»Hoffentlich nicht«, antwortete ich, »aber er hat unberechtigt seinen Arbeitsplatz verlassen.«

Frau Gast sah mich ungläubig an. »Und da kommt gleich die Polizei?« Dann nickte sie verstehend. »Ach so, ja, die Bewährung.«

Die Frage, wo Gottschalk sich jetzt vermutlich aufhalte, vermochte sie nicht zu beantworten.

Herbert zeigte sich bei meiner Rückkehr kaum enttäuscht, er hatte keine Sensation erwartet. Wir waren trotzdem alles in allem gut vorangekommen. Es war eine jener seltenen Ermittlungen, in der wir nicht mühselig geringsten Hinweisen nachjagten, im Gegenteil, von Anfang an gab es einen stetigen Informationsfluß. Ein Glück für uns, denn die Hauptabteilung im Ministerium verlangte regelmäßige Berichte über den Ermittlungsstand. Der Taxiraub mußte in kürzester Frist aufgehellt werden.

»Warst du schon essen?« fragte ich, nachdem ich berichtet hatte.

Herbert schüttelte den Kopf. »Kannst du deinen Hunger noch bezähmen, Heinz?«

Ich nickte. Er rückte das Tonbandgerät in Griffweite und drückte die Taste. Das Gerät war nicht neu, es verzerrte die angenehme Mädchenstimme, die Herberts Fragen zur Person beantwortete. Hannelore Schubert war siebzehn Jahre alt und Oberschülerin in einer elften Klasse. Sie hatte im Berliner Rundfunk die Durchsage der Kriminalpolizei gehört: Zur Aufklärung einer Straftat sollte sich der junge

Mann melden, der im Besitz eines Teddybären und einer Weinflasche Marke »Natalie« gewesen war und zusammen mit einem Pärchen um 00.45 Uhr von der Gaststätte »Grotte« mit einem Taxi weggefahren war.

Das Mädchen versicherte, daß jener junge Mann sie gestern Nachmittag im Kulturpark Plänterwald angesprochen habe. Sie sei auch dabeigewesen, als er in der Schießsporthalle seine Trophäen schoß. Später hätten sie gemeinsam die »Grotte« besucht. Hannelore hatte gegen 22.00 Uhr die Gaststätte verlassen, ihr Begleiter war dort geblieben. Auf Befragen erklärte sie, daß er zu der Zeit stark unter Alkoholeinfluß gestanden habe.

So etwa lautete der Inhalt des aufgezeichneten Gesprächs.

Herbert drückte die Taste, das Band stand still, er beugte sich herüber und sagte: »So, mein Lieber, nun sperr die Ohren auf!«

Er schaltete das Gerät wieder an, die Befragung näherte sich dem Ende, ich hörte es an Herberts Tonfall. Er wollte noch wissen: »Erinnern Sie sich an den Namen des jungen Mannes?«

»Harald.«

»Das sagten Sie bereits. Und sonst? Kein Hinweis? Überlegen Sie, er kann noch so dürftig erscheinen, uns hilft er vielleicht weiter.«

»Was hat er denn getan, Herr Kühn?«

»Ob er etwas getan hat, das steht nicht fest, sicher ist aber, daß seine Aussage uns weiterhelfen würde. Es ist eine sehr ernste Sache: Ein Taxifahrer ist niedergeschlagen und beraubt worden!«

»Mein Gott! Unmöglich! So etwas tut er bestimmt nicht. Oberschüler, siebzehn Jahre, warten Sie ...« Das Band summte eine kurze Zeit, dann sagte Hannelore Schubert zögernd: »Er hat oft Krach mit seinem Vater – er soll auch ›Strippenzieher‹ werden und später mal die Werkstatt übernehmen, aber das will er nicht.«

Herbert drückte die Taste, das Band stand still.

»Strippenzieher? Meint er Elektroinstallateur? Und ein Vater mit eigener Werkstatt? Herbert, das ist ja so gut wie Straße und Hausnummer!«

Dann läutete das Telefon. Der Leiter der Hauptabteilung K fragte nach dem Ermittlungsstand. Herbert antwortete zuversichtlich: »Wir folgen einer heißen Spur, Genosse Oberst!«

Wir gingen zu Tisch. Auf dem Flur trafen wir Frau Bechthold. Sie wollte zu uns. Ihr rundliches Gesicht wirkte bekümmert, ich erschrak, sollte Bechthold etwa ... Die Befürchtung erwies sich zum Glück als falsch. Ihre Sorge galt dem Bruder. Sie reichte uns einen Zettel, Herbert entfaltete ihn und las: »Liebe Traudi! Die Polizei ist hinter mir her. Die denken wohl, ich habe was mit dem Überfall auf Willi zu tun. Ein Vorbestrafter hängt eben gleich wieder drin! In den Knast gehe ich nicht mehr! Ich verdrücke mich, bis die Luft rein ist! Gruß Heinz!«

»Das lag im Briefkasten«, sagte Frau Bechthold leise. »Er hat bestimmt nichts damit zu tun. Aber hoffentlich stellt er jetzt nichts Dummes an.«

Daß er dies bereits getan hatte, als er Hals über Kopf seine Arbeitsstelle verließ, um irgendwohin zu fliehen, war ihr wohl nicht bewußt.

»Es dauert nicht mehr lange, Frau Bechthold, dann ist der Fall aufgeklärt«, sagte Herbert tröstend. »Wie geht es Ihrem Mann?«

Ihre Wangen bekamen Farbe, sie sagte erleichtert: »Er ist bei Besinnung, er hat mich auch erkannt, aber er weiß nicht, was passiert ist.«

»Es wird schon wieder werden«, erklärte ich und ärgerte mich über die nichtssagenden Worte.

Nach Tisch fuhren wir Richtung Nordend. Herbert

kam mit, was bewies, daß er mit einem entscheidenden Fortschritt rechnete. Es war kurz nach 14.00 Uhr, wir taten seit achtzehn Stunden Dienst, über der Stadt lag lastende Hitze.

Wir gingen davon aus, daß Harald, der vermutliche Täter, auf der Heimfahrt gewesen war. Wahrscheinlich war der Überfall beim Kassieren erfolgt. Dann war Harald in der Nähe des Überfallortes zu Hause. Daher besuchten wir den für Nordend zuständigen Obermeister der Elektroinstallateure.

Der Betrieb war wegen Urlaub geschlossen, so stand es im Schaufenster auf dem Pappschild mit der amtlichen Gebührenmarke. Wir klopften an der Wohnungstür, denn die Klingel war abgeschaltet. Ein alter Mann öffnete uns, der Vater des Obermeisters Kienast. Er führte uns in ein altmodisches Wohnzimmer und fragte nach unseren Wünschen, nachdem wir uns auf das knarrende Sofa gesetzt hatten.

Herbert erklärte dem rüstigen alten Herren, daß wir einen selbständigen Elektroinstallateur suchen, dessen etwa siebzehnjähriger Sohn Harald heiße. Einige Andeutungen über das Problem, das zwischen Vater und Sohn bestand, genügten. Herr Kienast nickte heftig.

»Kaulbart«, sagte er. »Robert Kaulbart!« Er sah Herbert und mich forschend an und fügte hinzu: »Ich habe seinen Vater gut gekannt. Wir haben unsere Betriebe ziemlich zur gleichen Zeit an die Jungs übergeben.« Kienast machte ein Pause, fuhr dann fort: »Robert ist querköpfig, war er schon immer! Meine Güte, das ist zwanzig Jahre her, wie die Zeit vergeht!«

Als wir den alten Kienast nach einer halben Stunde verließen, da waren wir sicher, auf der richtigen Fährte zu sein. Robert Kaulbart hatte es abgelehnt, der Produktionsgenossenschaft ELEKTRO-BLITZ beizutreten, er hing an seiner veralteten Werkstatt, in der er mit einem Altgesellen arbeitete, den er bereits vom Vater übernommen hatte. Sein Problem war, daß Harald den »Betrieb«, wie Robert das winzige Unternehmen gern nannte, nicht weiterführen wollte.

Mit Kaulbarts Adresse versehen, fuhren wir weiter in nördlicher Richtung. Unser Ziel war eine Stadtrandsiedlung, hinter der sich bereits die ersten Äcker ausbreiteten. Die Siedlungshäuser hatten anfangs alle gleich ausgesehen, erst im Verlauf der Jahre war an- und umgebaut worden, nur wenige waren unverändert erhalten geblieben. Auch die Schuppen und Stallungen waren den veränderten Verhältnissen angepaßt worden, wie zum Beispiel bei Robert Kaulbart.

Das ehemalige Stallgebäude hatte größere Fenster bekommen und diente als Werkstatt, der Schuppen wurde Garage. Doch die Umbauten lagen sichtbar schon länger zurück. Am Hausgiebel prangte ein gelbes Schild mit schwarzen Buchstaben: Elektro-Installation – August Kaulbart. Inhaber: Robert Kaulbart. Die Gebäude wirkten gepflegt, die Farben leuchteten frisch, in hellem Beige die Wände, die Fensterläden in kräftigem Grün, sie waren geschlossen, wohl wegen der Hitze. Die Obstbäume im Garten ließen schlaff die Blätter hängen, doch auf den Blumenbeeten verrieten dunkle Flecke, daß sie erst kürzlich gewässert worden waren.

Ich hielt an der Gartenpforte. Am Briefkasten hing ein Schild, und wie bei Kienast klebte auch hier eine amtliche Gebührenmarke darauf.

Herbert krauste die Stirn. »Urlaub?«

Ich schüttelte den Kopf, auf dem Schild stand der Hinweis: »Wegen Familienfeier geschlossen!« Es galt für zwei Tage, heute war der zweite Tag. Welcher Art war wohl diese Familienfeier? Eine Hochzeit? Namensgebung? Oder eine Beerdigung? Das Häuschen lag verschlafen da, nichts deutete auf die Anwesenheit von Besuchern hin, die zu einem Familientreffen gehörten.

Kaulbarts Anwesen lag am Rande der Siedlung, dahinter dehnte sich der Acker aus, auf dem Grünfutter gestanden hatte, es war abgeerntet, die Stoppeln sahen blaß aus in der Sonne. Die kahle Futterfläche grenzte an ein Kiefernwäldchen, das nach wenigen hundert Metern in einen älteren Baumbestand überging.

Herbert drückte auf den Klingelknopf, aber in dem Häuschen blieb es stumm. Die geschlossenen grünen Fensterläden wirkten abweisend, vielleicht fand die Feier woanders statt.

Am Hausgiebel befand sich eine Veranda mit schaufenstergroßen Scheiben, hinter kunstvoll dekorierten Wolkengardinen grünte eine Wildnis aus Blattpflanzen.

»Du, Herbert«, flüsterte ich, »guck mal zur Veranda.«

Zwischen zwei Zyperusstauden bewegte sich ein heller Fleck, ein Gesicht, doch es verschwand, ehe Herbert es entdeckt hatte.

»Was ist?« fragte er leise.

»Wir werden beobachtet.«

»Gut, fahren wir weg«, flüsterte er.

Wir setzten uns in den Wartburg, Herbert schob sich hinter das Lenkrad und überhörte geflissentlich meinen Protest, daß er noch nicht an der Reihe sei zu fahren. Herbert fuhr in den nächsten Querweg, hielt und sah mich ermunternd an. Ich nickte und sprang aus dem Wagen. Er gab Gas und fuhr weiter, während ich zum Kaulbartschen Anwesen zurücklief, immer darauf bedacht, daß man mich von der Verande nicht sehen konnte.

Hinter Kaulbarts Gartenzaun wuchs eine Fliederhecke, sie kam mir zustatten, hinter dem Buschwerk verborgen, beobachtete ich das Grundstück. Mit den geschlossenen Fensterläden und den schlaff an den Bäumen hängenden Blättern wirkte es noch ebenso verschlafen wie vorhin. Unser Gärtchen hatte ich seit drei Tagen nicht mehr gegossen, hoffentlich verdorrten meine Rosenstecklinge nicht.

Irgendwo klappte eine Tür, ich war nicht sicher, ob es bei Kaulbart gewesen war. Der Hofplatz zwischen Häuschen und Werkstatt war von der Straße her nicht einzusehen, das verhinderte ein mannshoher Bretterzaun, der ihn vom Garten trennte. Die Garagentür bewegte sich. Ich konnte sie erkennen, denn sie überragte den Zaun. Sie war gut geölt und quietschte, aber es klackte metallisch, wie von einem Motorradständer, dann wurde die Tür lautlos wieder geschlossen.

Plötzlich stand Herbert wieder neben mir. Ich hatte ihn nicht kommen gehört, denn ich war zu sehr mit der Beobachtung des Kaulbartschen Grundstückes beschäftigt gewesen.

»Was ist?« fragte er leise.

»Die Garagentür ist auf und zu gegangen«, antwortete ich.

Ehe er weiter fragen konnte, hörten wir eine Tür knarren. Es gab im Hofplatz eine Pforte zum hinteren Gartenteil, und durch diese schob ein junger Mann sein Moped. Der Beschreibung nach war es Harald Kaulbart.

»Hallo, Herr Kaulbart! Warten Sie, bleiben Sie stehen!« rief Herbert.

Der Angerufene zuckte zusammen, wie von einem Steinwurf getroffen, aber er dachte nicht daran, der Aufforderung zu folgen. Im Gegenteil, er beschleunigte seine Schritte, das Moped klapperte, eine Tür quietschte, wir sahen sie nicht, hörten nur, daß sie krachend zufiel. Dann pötterte das Moped.

»Komm«, rief Herbert. Wir rannten los, Herbert blieb bald zurück, immerhin war ich etliche Jahre jünger als er. Ich erreichte den Wartburg zuerst, schwang mich auf den Fahrerplatz, und als Herbert atemlos herankam, lief der Motor schon. Ich fuhr los, kaum daß er die Tür zugeworfen hatte.

Das Siedlungsgelände hatten wir uns vorher auf der Karte genau angesehen. »Nächster Weg rechts!« forderte Herbert.

Dieser Weg führte zur Hauptstraße, vermutlich war sie Harald Kaulbarts Ziel. Die Reifen quietschten in der Kurve, der Wagen schleuderte, ich gab Gas, und die angetriebenen Vorderräder rissen den Wagen durch die Straßenkrümmung. Herbert klammerte sich an den Sitz und warf mir einen vorwurfsvollen Blick zu. Hinter uns wirbelte eine Staubwolke empor, wir rasten die Straße hinunter, die eigentlich nur ein Landweg war. Der Fußgängerteil war mit weißgetünchten Steinen abgegrenzt.

Das Moped bog vor uns um die Straßenecke. Harald Kaulbart fuhr in nördlicher Richtung, dorthin, wo der Kiefernwald aufragte. Die Jagd endete unvermutet. Kaulbart raste mit dem Moped über den kahlen Futterschlag, erreichte am Waldrand einen Fahrradsteig, der zwischen die Bäume abbog und so schmal war, daß an eine weitere Verfolgung mit dem Auto nicht mehr zu denken war. Ich trat auf die Bremse.

»Aus«, sagte ich resigniert.

Herbert holte die Karte aus dem Handschuhfach. Der Fahrradweg war nicht eingezeichnet, die Kartograpen hielten ihn vermutlich für bedeutungslos. Zur Hauptstraße war es noch weit, und Harald Kaulbart würde sie bestimmt meiden, er wußte ja, daß er verfolgt wurde.

»Fahr zurück«, sagte Herbert.

Ich wendete schweigend und fuhr wieder in die Siedlung. Herbert läutete bei Kaulbarts rechtem Nachbar. Es dauerte nicht lange, dann trat ein Mann in Straßenbahneruniform aus dem Häuschen, während er den Gartenweg herabkam, knöpfte er seine Uniformjacke zu.

»Zu Kaulbart?« fragte er von weitem.

Wir zeigten unsere Ausweise. Der Nachbar sah uns erstaunt an. »Die sind gestern weggefahren. Mecklenburg. Silberhochzeit, oder so.«

Herbert und ich wechselten einen Blick. »Und der Sohn?« fragte ich.

»Harald? Der müßte da sein«, meinte der Straßenbahner. »Harald ist nicht mitgefahren.«

»Stimmt«, sagte ich, »der ist vor ein paar Minuten hinten durch den Garten raus!«

»Mit einem Moped«, ergänzte Herbert.

Der Nachbar erklärte unschlüssig: »Nach hinten raus? Nanu?« Er ahnte sicher, daß wir keine Frage beantworten würden, und verzichtete. »Ist er dort lang?« fragte er und wies zum Wald hin.

Wir nickten.

»Dann könnte er zu Kufahl gefahren sein, Kaulbarts Gesellen.«

Von einem Altgesellen hatte auch der alte Kienast berichtet, den Namen hatte er nicht genannt, wir hatten auch nicht danach gefragt. Kaulbarts Nachbar nannte die Adresse und beschrieb den Weg, Kufahl war Witwer und bewohnte allein eine Waldparzelle. »Sieht bei dem 'n bißchen wild aus«, meinte der Nachbar, »aber Harald fährt öfter hin, wenn zu Hause ...« Er brach ab.

Herbert sah ihn ermunternd an. »Was wollten Sie sagen, wenn zu Hause ...?«

Der Straßenbahner winkte ab. Auch ein direkter Hinweis auf das schlechte Verhältnis zwischen Vater und Sohn konnte ihn nicht bewegen, den Satz zu vollenden. Er hatte es plötzlich eilig, wieder ins Haus zu kommen.

Kaulbarts Nachbar hatte die Strecke gut beschrieben, trotzdem verfuhren wir uns, es verging einige Zeit, bis wir endlich den richtigen Weg fanden. Der Nachbar hatte nicht übertrieben, Kufahls Waldparzelle war verwildert. Der Maschendrahtzaun war verrostet, große Löcher darin boten ungehindert Zutritt, deshalb verzichtete der Eigentümer wohl auch darauf, das Gartentor zu reparieren, das schief in der einzigen verbliebenen Angel hing. Neben der Pforte stand eine überquellende Mülltonne, eine Katze strich um sie herum und floh, als wir anhielten.

Auf dem Grundstück gab es keine Beete, obwohl die mannsdicken Kiefern gelichtet waren, dichtes Unterholz wucherte zwischen den Stämmen. Der Dachfirst des Häuschens beulte sich tief wie der Senkrücken eines alten Gauls. Es war als Wochenendbehausung errichtet worden, erfuhren wir später, doch als Kufahls Stadtwohnung im Kriege ausgebombt wurde, war seine Frau hier herausgezogen. Kufahl war zu dieser Zeit in englischer Gefangenschaft. Seit dem Tod der Frau vor fünf Jahren hatte Wilhelm Kufahl keine Hand mehr zu Reparaturen gerührt, er war überzeugt, daß er ihr bald nachfolgen würde, und Erben besaß er nicht. Die Jahre vergingen, Kufahl ging seiner Arbeit nach, blieb für Kaulbart unentbehrlich, bekam zu essen und sparte etwas von jedem Lohn, obwohl er nicht wußte für wen.

Wir stiegen aus und schlossen behutsam die Türen des Wartburg, dabei waren wir sicher, daß Harald Kaulbart, falls er hier Unterschlupf gefunden hatte, die Straße beobachten würde. Die Parzelle besaß augenscheinlich keinen Hinterausgang. Der Weg zur Hütte war sandig, er wies frische Reifenspuren auf, die zweifellos von einem Moped stammten. Das Fahrzeug war nirgends zu sehen, wahrscheinlich stand es in dem Holzschuppen, zu dem die Spuren hinführten.

Wir hatten den Weg kaum zur Hälfte zurückgelegt, da öffnete sich knarrend die Haustür, ein alter Mann trat heraus, hager und weißhaarig. Er kam uns entgegen. Obwohl er gebeugt ging, wirkte sein Schritt nicht greisenhaft. Knapp vor uns blieb er stehen und musterte uns abwartend.

»Volkspolizei, Hauptmann Kühn!« Herbert wies den Ausweis vor, und ich folgte seinem Beispiel.

Kufahl räusperte sich, nickte zu seinem Häuschen hin und sagte: »Er ist da!«

Die drei Worte machten jede Frage überflüssig, Kufahl wußte, weshalb wir kamen, der Ton, in dem er sprach, verriet, daß er unser Kommen erwartet hatte, es war für ihn offensichtlich der logische, einzig mögliche Schlußpunkt hinter einem auch ihm unbegreiflichen Vorkommnis.

Wir waren am Ziel, der Überfall auf das Funktaxi 1734 war geklärt, der Täter war ermittelt und gestellt, es ging nur noch darum, die Details aufzuhellen. Wieder einmal überraschte es mich, wie wenig dramatisch im Grunde unsere Arbeit war, selbst bei schweren Fällen. Aber die drei Worte verrieten uns noch etwas: Harald Kaulbart war hierher geflohen, zu einem alten Mann, mit dem ihn ein Vertrauensverhältnis verband, und ihm hatte er die Tat gestanden.

Ohne weitere Erklärung wandte sich Kufahl um und lief vor uns her. Ehe wir das Häuschen erreichten, stand Harald Kaulbart auf der Schwelle. Der Eingang war niedrig, der junge Mann stieß beinahe oben an, er stand mit hängenden Schultern da, den Blick zu Boden gerichtet. Kufahl trat neben ihn, legte ihm seinen Arm um die Schultern und sprach leise auf ihn ein. »Sag die Wahrheit, Harald, hörst du? Alles andere hilft dir nicht.«

Der junge Kaulbart wendete sich ab, er schämte sich der Tränen, die ihm über die Wange rannen.

Ich empfand Mitleid mit diesem hilflosen Jungen.

Aber schließlich lag Bechthold im Krankenhaus und war noch nicht vernehmungsfähig. Vermutlich würde es längere Zeit dauern, bis er wieder sein Taxi zu fahren vermochte. Wie konnte dieser Junge, den alle, die wir befragt hatten, sympathisch fanden, zum Verbrecher geworden sein?

»Weißt du, weshalb wir hier sind?« fragte Herbert.

Harald nickte.

»Wo ist das Geld?«

»Zu Hause«, murmelte er.

Kufahl klopfte Harald auf die Schulter, schob ihn uns entgegen. Harald setzte zögernd einen Fuß vor den anderen, er dachte nicht mehr daran, zu fliehen, es wäre auch sinnlos gewesen. Wir nahmen ihn in die Mitte und führten ihn zum Auto.

Inzwischen waren vier Wochen vergangen, morgen begann die Gerichtsverhandlung. Harald Kaulbart war erst 17 Jahre alt, für ihn galt das Jugendstrafrecht. Ich sollte als Zeuge gehört werden, und mir war, in der Tat, alles noch so gegenwärtig wie damals, als ich das Geständnis entgegengenommen und den Bericht für den Staatsanwalt geschrieben hatte.

In meinem Schreibtisch lagen längst andere Hefter, darunter auch wieder eine Jugendtrafsache. Manchmal deprimierte mich der Gedanke, daß es anscheinend nie ein Ende gab.

Am Abend jenes Tages, an dem wir den jungen Kaulbart festgenommen hatten, war sein Vater in unserer Dienststelle erschienen. Da lag bereits das von Harald unterschriebene Geständnis vor. Robert Kaulbart saß uns finster am Schreibtisch gegenüber: 45 Jahre alt, massig, kahler Schädel, kühl blickende Augen. Ich beobachtete seine Hände, es war erstaunlich, daß die klobigen Pranken mit feinen Schraubenziehern umgehen, kleine Schrauben in winzige Löcher drehen konnten.

Herbert war zum Schrank gegangen, hatte eine Kopie des Geständnisses herausgeholt und diese Robert Kaulbart gegeben. »Lesen Sie.« Die Worte klangen unpersönlich, erstaunlich bei Herbert. Aber zu dem Mann vor uns kam kein Kontakt zustande.

Robert Kaulbart hatte zögernd die Hand ausgestreckt und das Geständnis seines Sohnes entgegengenommen. Er war weitsichtig, hielt die Bogen in den ausgestreckten Armen und kniff die Augen zusammen beim Lesen. Manchmal murmelte er vor sich hin: »Der Strolch! Der Lump!« Dann, als er zum Ende kam, schwieg er. Er saß stumm auf seinem Stuhl, in sich zusammengesunken, nicht ansprechbar. Ich atmete erleichtert auf, als er endlich ging. Herbert begleitete ihn hinunter.

Ich schlug den Hefter auf und las noch einmal das ausführliche Geständnis:

»In den Ferien muß ich in der Werkstatt arbeiten. Vater gibt mir dann immer die schmutzigsten Tätigkeiten, er will mir die Flausen austreiben, zum Beispiel, daß ich studieren will, statt Installateur zu werden. Für Vater zählt nur, wer ihm nützt. Früher ist er nie ausfallend zu Onkel Kufahl geworden, aber der wird jetzt fünfundsechzig und hört dann auf zu arbeiten, seitdem behandelt ihn Vater schlecht.

Am Vormittag sollte ich den Lieferwagen abladen, aber ich hatte es über meinen Briefmarken vergessen. Vater sah den Barkas noch beladen dastehen und schlug mich. Er schlägt immer hart zu, meine Nase hat geblutet, Mutter wusch mir das Gesicht, Vater durfte das nicht sehen. Er hat den Barkas dann selbst entladen, danach hat er Kognak getrunken, obwohl er mit dem Skoda nach Bristau zur Silberhochzeit fahren wollte.

Ehe meine Eltern abfuhren, rief Vater mich ins Büro und zählte acht blaue Hundertmarkscheine auf den Tisch. Am nächsten Vormittag käme der Maurer Liesegang, sagte er, für den sei das Geld bestimmt. Hoffentlich sei ich nicht zu dämlich, auf eine erforderliche Quittung zu achten, denn Liesegang sei ein Schlitzohr.

Sie fuhren ab, und zum erstenmal blieb ich allein im Haus zurück. Ich habe dann lauter verrückte Dinge getan, ich weiß nicht weshalb, es kam so über mich. Gefragt, was ich damit meine, erkläre ich, daß ich von Vaters Kognak getrunken habe, und der Alkohol hat mich dann leichtsinnig gemacht. Auf dem Tisch lagen die acht blauen Hundertmarkscheine unter dem Briefbeschwerer, einem Porzellandackel mit einem Schild um den Hals: Dem Meisterschützen! Vater hängt an dem Hund, ich mochte ihn nicht leiden, obwohl er noch von Großvater stammt. Der Dackel lag auf den Geldscheinen, als bewache er sie. Der Gedanke, daß Vater sich grämen würde, wenn der Dackel in Scherben ginge, stimmte mich heiter, denn Vater ist abergläubisch, der Porzellanhund sei sein Talismann, sagt er immer. Ich habe nicht anders können, ich habe den Porzellanhund auf den Boden gedonnert, er ist in tausend Scherben zersprungen. Die Hundertmarkscheine warf ich in die Schublade, bis auf einen, denn Vater sollte mit Liesegang streiten. Ich wollte behaupten, daß ich ihm alle Scheine gegeben hätte. Der Gedanke, daß sie sich dann in die Haare kriegen würden, bereitete mir Schadenfreude.

Nachmittags bin ich in den Kulturpark Plänterwald gefahren und habe den Hunderter am Kartenschalter gewechselt. Am besten gefiel mir das Riesenrad. Dort oben verliert aller Ärger an Bedeutung. An der Achterbahn traf ich ein Mädchen, eine Oberschülerin, die war siebzehn wie ich. Ich habe sie zu einer Fahrt eingeladen, danach sind wir zusammengeblieben. Zu dieser Zeit hatte ich ungefähr zwanzig Mark ausgegeben.

Gefragt, ob ich Alkohol getrunken hätte, versichere ich, daß dies nicht der Fall war. Hannelore Schubert hat sich darin geirrt. Ich war einfach in ausgelassener Stimmung. Es war wie ein Rausch. Gegen zwanzig Uhr sind wir mit einem Taxi zum Lokal ›Grotte‹ gefahren. Ich wußte, daß mein Vater sich dort öfter betrinkt und daß dort leichtsinnige Mädchen verkehren.

Hannelore gefiel das Lokal nicht, sie trank auch nur einen Likör. Ich sollte aufhören, Bier und Schnaps zu trinken. Um zweiundzwanzig Uhr ist sie nach Hause gegangen, ich habe es abgelehnt, mitzugehen, der Gedanke an das zur Hälfte verbrauchte Geld fing an, mich zu bedrücken, ich wollte es vergessen. Den Teddybär und die Flasche Wein, Marke ›Natalie‹, habe ich in einer Schießsporthalle im Plänterwald geschossen.

An dem Tisch saß noch ein Pärchen. Ich habe Wein und Sekt spendiert, wieviel ich bezahlt habe, weiß ich nicht mehr, aber nach der Abrechnung blieb mir nur noch ein Zehnmarkschein. An die Fahrt im Taxi erinnere ich mich nur noch undeutlich. Ich weiß aber, daß ich meinen Teddy vergessen hatte, der Kellner ging ins Lokal zurück und holte ihn. Im Taxi saß ich zwischen dem jungen Paar. Irgendwo sind die beiden dann ausgestiegen, ich weiß, daß ich Nordend als Fahrtziel nannte.

Als das Taxi weiterfuhr, fiel mir ein, daß ich dem Kellner meinen letzten Geldschein gegeben hatte, als er mir den Teddy holte, ich besaß keinen Groschen mehr. Ich zitterte bei dem Gedanken, daß der Taxifahrer halten und Bezahlung verlangen könnte.

Der Fahrer nahm seine Mütze ab und legte sie neben sich auf den Sitz. Sein Kopf war kahl und auch der Nacken ähnlich dem Vaters. Seine Hände auf dem Lenkrad waren Vaters Pranken. Da saß nicht mehr ein fremder Taxifahrer, da vorn saß Vater und sah oft in den Spiegel, um mich zu beobachten. Ich hatte Angst. Ich wollte aussteigen. Gleich würde Vater sich umdrehen und Liesegangs Geld verlangen. Ich konnte dann nicht sagen, der Maurer hätte acht Scheine kassiert, er war ja noch nicht dagewesen. Dann wußte Vater, daß ich ihn bestohlen hatte, er würde mich erbarmungslos mit den Fäusten schlagen, und Mutter würde dabeistehen und verzweifelt die Hände ringen. Ich hielt es nicht länger aus und rief, daß er anhalten solle.

Der Fahrer bremste stark, ich rutschte nach vorn, umklammerte die Rückenlehne seines Vordersitzes. Der Fahrer griff in die Jacke, hielt dann die Geldtasche in den Händen, unter den Scheinen war ein blauer Hunderter.

Plötzlich beherrschte mich nur ein Gedanke: Ich brauchte den blauen Schein, dann war alles gut. Und überhaupt, der Fahrer war nicht Vater, sondern ein Fremder, aber vielleicht schlug auch er mich, wenn ich nicht bezahlen konnte. Der Hunderter war meine einzige Rettung! Ich spürte die Weinflasche an meinem Schenkel, und meine Finger tasteten dorthin. Ich fühlte kühles Glas.

Die Vorhaltung, kalt und überlegt gehandelt zu haben, als ich die Weinflasche ergriff und zuschlug, bestreite ich entschieden. Ich kann nur wiederholen, daß ich wie unter einem Zwang gehandelt habe.

Der Mann fiel vornüber auf das Lenkrad und stöhnte. Die Geldtasche fiel zwischen die Vordersitze, ich raffte das Geld an mich und rannte davon. Die Tasche ließ ich liegen.

Nein, um den Verletzten habe ich mich nicht gekümmert, ich hörte ihn stöhnen und glaubte, er würde bald wieder zu Bewußtsein kommen. Ich bereue meine Tat und begreife es nicht, wie ich so habe handeln können ...«

Die Gerichtsverhandlung fand unter Ausschluß der Öffentlichkeit statt. Ich saß auf der Bank im hallenden Korridor und wartete auf meinen Aufruf, mir gegenüber saß Robert Kaulbart, neben ihm, schmal und ängstlich, Haralds Mutter. Kaulbart wirkte verändert, ratlos und in sich gekehrt.

Drei Monate nach dem Überfall auf das Funktaxi 1734 war Willi Bechthold wieder arbeitsfähig. Bliebe noch nachzutragen, daß sein Schwager, der Raupenfahrer Heinz Gottschalk, zwei Tage unentschuldigt fehlte. Am zweiten Tag seiner kopflosen Flucht nach Mecklenburg war er in die überbezirkliche Fahndung geraten und nach Berlin überstellt worden. Nach einer offenen Aussprache hatte Herbert ihn nach Hause geschickt.

Harald Kaulbart verbüßt eine empfindliche Freiheitsstrafe. Gestern hörte ich von Staatsanwalt Brauer, daß Robert Kaulbart eine Besuchsgenehmigung beantragt hat, die erste seit der Verurteilung seines Sohnes.

Manchmal ist der Weg zur Einsicht lang und schwer.

1974

Fritz Erpenbeck

Der Mörder ging aus und ein

Ich saß mit dem Rücken gegen die Chaiselongue, auf der die tote Evelyne Tylt lag. Medizinalrat Dr. Vollmer war noch mit ihr beschäftigt. Die Aufnahmen vom Tatort hatte Leutnant Lorenz bereits gemacht: Jetzt durchsuchte er Korridor, Küche und Bad nach Spuren. Oberleutnant Becker brachte mir vom Schrank einige Papiere herüber, dann entleerte er die Handtasche, die geöffnet neben der Ermordeten gelegen hatte. Unwillkürlich sah ich mich nach ihr um.

Dr. Vollmer las eben die Temperatur ab. »Exitus vor etwa einer Stunde«, konstatierte er nach einem vergleichenden Blick aufs Zimmerthermometer.

Demnach waren wir schon sehr bald nach dem Mord oder Totschlag hier eingetroffen. Der Hausmeister, Georg Lenser, hatte angerufen.

Die Ermordete hatte, soweit aus mehreren Fundstücken jetzt schon ersichtlich war, drei, wenn nicht mehr intime Freunde gehabt. Von einem, dem Sportlehrer Horst Lüdemann, einem ziemlich bekannten Boxer der Mittelgewichtsklasse, waren zwei ausgezeichnete Aktstudien an die Wand geheftet, und auf der Tischplatte vor mir stand in einem Halbrund von Skizzen und Entwürfen sein muskelprotziges Brustbild.

Von dem zweiten Liebhaber, dem Industriekaufmann Christof Bockelholt, schätzungsweise dreißig Jahre alt, herber Typ, Brillenträger, gab es nur ein Foto mit unmißverständlicher Widmung. Um so mehr jedoch von dem dritten Liebhaber, dem Oberschüler Alexander Armin. In einer Klemmappe fanden wir von ihm rund zwanzig (meines Erachtens sehr schlechte) Gedichte, eigentlich nur unrhythmisch in Kurzzeilen zerhackte Prosa sentimental-schwärmerischen Inhalts. Fast über jedem stand bleistiftgeschrieben die Widmung: »Meiner Eva«, und über einem, kaum mißzuverstehen: »Meiner strengen Lehrerin der ars amandi.« Beigeheftet waren zwei von Evelyn Tylt flüchtig hingetuschte Porträtskizzen, die einen blondlockigen, schätzungsweise siebzehnjährigen großäugigen Jungen mit sinnlichem Mädchenmund zeigten.

Ich saß also vor dem sehr großen, in der standardisierten Neubauwohnung ungebührlich viel Platz einnehmenden Arbeitstisch, eigentlich nur einer Holztafel auf zwei Blöcken. Er war, wie die ganze Wohnung und abgesehen von den Fundstücken, die ich mit Oberleutnant Becker überprüfte, mustergültig sauber und aufgeräumt. Um so mehr fiel uns ein schwarzer Wischstift auf, der zerbrochen an der Vorderkante lag. Mit ihm hatte Evelyn Tylt vermutlich eben eine Korrektur vornehmen wollen, als sie plötzlich niedergeschlagen wurde. Vier Finger und der Ballen ihrer rechten Hand waren schwarz verfleckt. Dies war das einzige Indiz, das auf eine Gegenwehr deutete. Fremd konnte der Täter ihr kaum gewesen sein, denn er mußte unmittelbar neben ihr gestanden und den geeigneten Moment für das tödliche Zuschlagen abgewartet haben.

Die Mordwaffe wurde nicht auf dem Teppich gefunden, sie war also nach der Tat zu fünf ähnlichen, schweren Steinen, die Evelyn Tylt zum Beschweren von Papier benutzte, auf den Tisch zurückgelegt worden. Es waren vom Wasser glattgeschliffene graue oder gemaserte Findlinge. Auf jedem stand der Herkunftsort hingekritzelt – Schierke, zweimal Heiligendamm, Gohrisch, Balaton, Hiddensee –, dazu die Initialen des jeweiligen Spielgefährten und das Datum, alles nur mit Fixativ überspritzt, nicht lackiert, wahrscheinlich um den Eindruck von bunt-kitschigen Souvenirs zu vermeiden. Unter den Initialen war nur eine, die auf einen der drei letzten Freunde der Toten hinwies: »H.L.« – Horst Lüdemann. Sein Brustbild stand, wie gesagt, jetzt direkt vor mir als Mittelstück eines Halbrunds aus anderen Plakatskizzen oder Entwürfen, die Evelyn Tylt offenbar im Auftrag einer Gesundheitsbehörde angefertigt hatte. Fünf Blätter, DIN A 4, standen da nebeneinander auf Gestellen, ähnlich leichten Notenhaltern.

Evelyn Tylt war eine offenbar begabte Werbegrafikerin und beherrschte routiniert mehrere Techniken. Das sah man auch hier. Auf durchsichtiger Folie, mit der jedes der Bilder überdeckt werden konnte, stand der (wahrscheinloch vorgegebene) Werbetext »VITAMINE sind gesund. Eßt Gemüse und Obst, denn sie enthalten viel – VITAMINE!« Rechts lachte nun dem Beschauer ein pralles Babygesicht entgegen, eine Möhre im Mund schien das große Glück; das alles war ganz leicht pastellfarben hingetupft. Links daneben eine Schwarzweißgrafik, Kohle auf rauhem Papier: die Silhouette eines Kletterers auf einer windgebeugten Palme, raffiniert auf »originell« getrimmt und doch, wenn man genau hinsah, sehr konventionell. Auf der anderen Seite des Gestells winkte eine sympathische ältere Frau hinter einem Gemüsestand voll leuchtender Farben einladend hervor, das war dem Impressionismus der Jahrhundertwende geschickt nachempfunden. Anschließend ein Liebespaar, schwarzweiß in Tusche, modernistisch stilisiert; eine Banane in der Hand des Liebhabers und des Mädchens verlangender Blick danach assoziierten nicht nur Appetit auf Vitaminhaltiges. In der Mitte dieser improvisierten Ausstellung stand das bereits erwähnte Brustbild des Muskelmannes Horst, liebevoll bis ins Detail durchgestaltet, das Fleisch lebte, Schlagschatten und Lichter waren meisterhaft gesetzt; der Ausdruck des wohlproportionierten, ein wenig brutalen Gesichts war – von der verliebten Porträtistin wohl kaum wahrgenommen – ein bißchen dümmlich verlangend. Zu diesem Bild hatte Evelyn Tylt mehrere Entwürfe wie die an der Wand, sowie zahlreiche Detailstudien angefertigt, die schließlich im Papierkorb gelandet waren. Darunter auch ganzfigürliche Skizzen, Studien der Wadenmuskulatur, des Kniegelenks, der Lenden und des Geschlechts; auf einem der Blätter, das ich eingerissen zwischen den anderen fand, hatte sich die Malerin einen sexuellen Scherz erlaubt, der an Pornographie grenzte.

»Vorher erfolgter Beischlaf oder gar Spuren von Vergewaltigung entfallen«, erklärte Dr. Vollmer hinter mir. »Keinerlei feststellbare Gewaltanwendung außer den beiden tödlichen Schlägen auf den Kopf.«

Ich wandte mich zu ihm: »Mit einem dieser Briefbeschwerer, oder wie man die Dinger nennen soll?«

»Höchstwahrscheinlich.«

»Auf dem Bodenbelag hat Leutnant Lorenz nichts gefunden. Es gibt hier keine verstellten Ecken, und die Schränke reichen bis auf den Boden, hinunterrollen kann dort nichts.«

»Der Täter kann«, wandte der stets vorsichtige Oberleutnant Becker ein, »das Mordwerkzeug auch eingesteckt und mitgenommen haben.«

»Warum sollte er?« fragte ich.

Becker zuckte die Achseln. »Allerdings.« Und er blätterte weiter in den Büchern oder schüttelte sie. Es waren vor allem Kunstbände und Fachliteratur, sodann ein gutes Dutzend Romane, einer davon mit einem Schutzumschlag von Evelyn Tylt. Was herausfiel, waren Lesezeichen oder nichtssagende Reklamezettelchen. »Ich finde«, sagte Oberleutnant Becker etwas verkniffen, »daß auch in der Bibliothek eine betont erotische Note vorherrscht.«

Ich nickte gleichgültig, Leutnant Lorenz grinste und ging hinaus, um dort weiterzusuchen. Aber wir entdeckten leider nicht einmal hier, im Tatzimmer, Fingerabdrücke oder eine andere brauchbare Spur.

»Kann abgeholt werden«, sagte Vollmer und begann, seine Geräte einzupacken. Becker rief unsere Männer an, die sich unten bereithielten. Sie kamen und erledigten geräuschlos ihre Arbeit.

Dabei warf ich noch einen letzten Blick auf die Ermordete. Sie war dreißig Jahre alt, das wußte ich. Etwas untersetzt, vollbusig, naturblond. Bekleidet war sie mit einem hellen Hausanzug, der nirgends einen Riß, Flecken oder sonstigen Schaden aufwies. Das Gesicht war ein wenig zu breit, der Mund groß und vollippig; alles in allem, wie auch viele Fotos zeigten, keine Schönheit, aber sehr sympathisch. Davon war natürlich jetzt nichts mehr zu sehen, das Gesicht war von den Schlägen furchtbar entstellt.

Evelyn Tylt wurde zugedeckt und fortgetragen. Oberleutnant Becker setzte sich zu mir. »Dieses Postscheckheft«, sagte er, »lag im mittleren Schrankfach. Das oberste Blatt trägt eine Blankounterschrift, ein Leichtsinn, auf den wir leider immer wieder stoßen. In der Handtasche nichts Ungewöhnliches. Taschentuch, Make up, Schlüssel, Pille, etwas Kleingeld und der Personalausweis. Zwischen seinen Seiten, wie ein Lesezeichen, ein Zwanzigmarkschein.« Er wies nochmals auf den Schrank. »Die wenigen Schmuckstücke im oberen Fach sind unberührt, es ist anscheinend nicht einmal geöffnet worden.«

»Also kein Raubmord?«

Becker zuckte die Achseln. »Wohl kaum.«

Da kam Lorenz herein. »Das steckte in der Manteltasche«, sagte er und gab mir einen zerknitterten, handgeschriebenen Brief. Ohne Anrede begann er: »Du bist schon ein Finanzgenie, meine liebe Ev! Gut, ich kann bis morgen früh die 20 000 in bar zusammenkratzen und sie Dir, wenn ich nicht selbst komme, hinaufbringen lassen. Ich begreife zwar nicht, daß Du mir das Geld mit einem Überweisungsscheck in gleicher Höhe quittieren willst, statt den gleichen Scheck direkt in Zahlung zu geben. Aber warum einfach, wenn's auch kompliziert geht. Dein Konto ist doch gedeckt? Jedenfalls kriegst Du morgen früh das Gewünschte, auch wenn ich es nicht persönlich hinaufbringen kann, denn ich muß wahrscheinlich schon vormittags für eine Woche geschäftlich nach Leipzig fahren. – Gruß und Kuß Dein Christof B.«

Ich gab Oberleutnant Becker diesen Brief. »Alibi nachprüfen«, ordnete ich an. »Über den Text müssen wir uns noch unterhalten.«

»Selbstverständlich, Genosse Hauptmann.«

Lorenz hob ein Reagenzgläschen empor. »Noch eine Kleinigkeit«, sagte er, »nämlich der neunundneunzigprozentige Nachweis, daß der Täter ein Mann ist.«

»Nanu?«

»Urinspritzer auf der Klobrille. Nur einem Mann, der es eilig hat und nervös ist, kann so was passieren.«

»Gleich zur Analyse ins Gerichtsmedizinische«, ordnete ich an. »Obwohl wir uns davon kaum etwas versprechen dürfen, ebenso wenig wie von der Untersuchung der sechs Kieselsteine.« Lorenz wickelte sie einzeln ein und trug sie hinaus.

Oberleutnant Becker begann unermüdlich zu telefonieren. Es ging ihm, wie ich bei flüchtigem Hinhören feststellte, um das Überprüfen der Alibis, besonders dasjenige des Industriekaufmanns Bockelholt; wenn wir ihn als Täter ausschalten konnten, war schon etwas, wenn auch nicht viel gewonnen. Ich bewunderte die zähe Zielstrebigkeit Beckers; mir ist das Telefonieren jedesmal eine arge Nervenbelastung. Ich stöberte derweilen nochmals in den »Gedichten« des liebeskranken Oberschülers Alexander Armin herum.

Lorenz kam zurück. »Ich habe unten gleich mit einem guten Freund im Institut für Gerichtsmedizin telefoniert«, teilte er mir mit. »Er hat mir, da eine Urinanalyse für die dort Tätigen nur eine Kleinigkeit ist, versprochen, uns gleich provisorisch Bescheid zu geben. Den Hausmeister, der uns wahrscheinlich allerlei erzählen kann, habe ich mit heraufgebracht. Doch bevor wir ihn hereinrufen, ein wichtiges Fundstück. Der Hausmeister und ich haben es dem Briefkasten der Toten entnommen.«

»Lassen Sie ihn herein.«

Georg Lenser war schätzungsweise fünfundfünfzig Jahre alt, bärtig und ziemlich langmähnig. Er sah sehr kräftig aus, hinkte aber stark. Sein Gesicht war großflächig und ausdrucksarm. Leutnant Lorenz legte einen zerknitterten, aufgebauschten Briefumschlag vor mich auf den Tisch. »Ein Hausschlüssel«, erklärte er.

Becker fragte: »Woher wissen Sie das?«

Lorenz deutete mit einer Kopfbewegung auf den Hausmeister.

»Ich war dabei«, antwortete dieser ruhig, ein wenig singend, »wie Herr Armin ihn in den Umschlag und dann in den Briefkasten steckte. Vorher hat er etwas aufgeschrieben, was ich nicht lesen konnte, ich stand abseits.«

Der Schlüssel war in einen Bogen rosa Durchschlagpapier gewickelt, auf dem in mindestens vier Zentimeter großer, fetter Schrift als Fanal brennender Eifersucht nur ein einziges Wort hingeflammt war: »Hure!!!«

»Setzen Sie sich, Herr Lenser. Wann war das, und wie war das? Berichten Sie bitte der Reihe nach.«

»Da muß ich schon etwas früher anfangen. Vor zwei Stunden ungefähr. Da war nämlich Herr Lüdemann hier oben in der Wohnung. Er ist Sportler, ich glaube Boxer, und geht bei Frau Tylt ein und aus.«

»Sie lebten zusammen?«

»Nein, das wohl nicht, aber er blieb oft über Nacht. Er hat, wie Herr Armin, einen Wohnungsschlüssel. Ich glaube, Herr Bockelholt ebenfalls. Fräulein Tylt hat es wohl immer so mit ihren Liebhabern gehalten, aber vermieden, daß sie sich begegneten.«

»Sie hatte viele Freunde?«

»Intime und andere, ja. Zeitweise, mal längere Zeit, mal nur für ein paar Tage. Meist waren sie jung, es gab aber auch ältere darunter, die waren dann meist Künstler.«

»Das alles haben Sie beobachtet, Herr Lenser?«

Er wehrte höflich ab. »Nein, beobachten tu ich die Einwohner nicht. Aber Fräulein Tylt machte gar kein Geheimnis daraus.«

»Was für ein Mensch war sie?«

»Ich mochte sie sehr gern. Sie war immer freundlich. Und sehr großzügig, wenn ich in ihrer Wohnung mal was ausbesserte. Geld spielte bei ihr keine Rolle.«

»Verdiente sie denn soviel?«

Er schüttelte den Kopf. »So meine ich das nicht. Sie konnte nicht mit Geld umgehen, nicht rechnen.«

»Was denken oder vielmehr dachten Sie denn von den zahlreichen, häufig wechselnden Männerbekanntschaften?«

»Herr Bockelholt, das ist einer der letzten Intimfreunde von Fräulein Tylt, der sagte vorige Woche zu mir, sie wäre« – er stockte kurz – »›nymphoman‹. Ich habe im Lexikon nachgesehen, was das bedeutet. Ich glaube, daß das bei Fräulein Tylt zutrifft.«

»Entschuldigen Sie, Herr Lenser, ich habe Sie unterbrochen. Sie sagten, der Sportlehrer Lüdemann sei während der fraglichen Zeit hier in der Wohnung gewesen.«

»Ja, ich sah ihn zufällig hinauffahren. Er nickte mir noch zu. Und nach etwa einer Stunde kam er zurück, da geschah etwas ... wie soll ich sagen ... Verdächtiges.«

»Erzählen Sie. Aber bitte ohne Kommentar, lediglich Tatsachen.«

»In dem Moment, wo Herr Lüdemann der Fahrstuhl verließ, kam Herr Armin von der Straße herein. Als er Herrn Lüdemann erkannte, verzerrte sich sein Gesicht, und er schrie etwas, was ich nicht verstand. Er schubste Herrn Lüdemann, der doch eine ziemliche Portion schwerer und stärker ist als er, wie nichts beiseite, sprang in den Fahrstuhl, riß knallig das Gitter vor, und ab ging's nach oben.«

»Wie verhielt sich Herr Lüdemann dazu? Aufgeregt oder sonstwie auffallend?«

»Im Gegenteil. Er sagte nur: ›Dollbrägen‹, lachte und steckte sich eine Zigarette an. Mir gab er auch eine. Dann ging er weg.«

»Ist das alles?«

»Nein, die Hauptsache kommt noch. Nach wenigen Minuten kam der Junge, der Armin, wieder herunter, schrecklich aufgeregt, ganz blaß. Er schrie wütend: ›Das Aas macht nicht auf!‹ Er wühlte aus seiner Mappe einen Bogen Papier – rosa Durchschlagpapier – und schrieb etwas ... Aber das habe ich Ihnen ja schon erzählt.«

»Was hat Sie bewogen, nun selbst nach oben zu fahren?«

»Frau Tylt hatte mich schon vormittags angerufen gehabt, der Wasserhahn im Bad tropfte. Deshalb.«

»Und dann entdeckten Sie in diesem Zimmer die Leiche und riefen sofort die Polizei an.?«

»Ja. So war's.«

»Wie sind Sie denn in die Wohnung gekommen, haben Sie auch einen Schlüssel?«

»Nein, die Tür war nur angelehnt.«

Oberleutnant Becker sah mich kurz an und hob die Brauen. Ich nickte ihm unmerklich zu. Leutnant Lorenz tat, als hätte er nichts gemerkt.

Der Hausmeister fuhr fort: »Ich wunderte mich, daß mich Fräulein Tylt nicht kommen hörte, aber da sah ich auch schon, was geschehen war. Sie lag auf der Chaiselongue, als wäre sie 'raufgeworfen worden. Ihr Kopf war auf der rechten Seite ganz zerschlagen, richtig eingehauen, und einer von den dicken Steinbrocken, die sie immer auf ihrem Tisch zu liegen hat, lag auf dem Teppich.«

Becker, Lorenz und ich wechselten einen raschen Blick. Ich fragte wie beiläufig: »Sie haben ihn nicht aufgehoben?«

»Gott behüte, nein. Das darf man doch nicht. Ich habe sofort telefoniert.«

»Wie lange, schätzen Sie, hielten Sie sich in der Wohnung auf?«

»Wenn's hoch kommt, eine oder zwei Minuten.«

Ein Telefonklingeln unterbrach uns. Lorenz hob den Hörer ab und meldete sich. Bevor ich, wie es üblich ist, den Zeugen hinausschicken konnte, sprach Lorenz bereits.

Das Gespräch war sehr kurz. Lorenz sagte eigentlich nur: »Ja ... ja ... nur provisorisch selbstverständlich ... ja ... danke.« Er schrieb schnell ein paar Worte auf einen Zettel.

Herr Lenser verfolgte den Vorgang gleichgültig. Er war immer noch so ruhig wie anfangs. Solche Zeugen gibt's; es ist weitgehend eine Sache des Temperaments, der Phantasie und der Nerven. Man darf da keine voreiligen Schlüsse ziehen..

Lorenz sagte, während er noch schrieb, zu mir herüber: »Aus Leipzig, Genosse Hauptmann, der Industriekaufmann Christof Bockelholt ist seit gestern im Hotel Astoria gemeldet.«

»Also ein Alibi«, antwortete ich, obwohl ich wußte, daß Leutnant Lorenz den Text des Anrufs nur fingiert hatte. Tatsächlich war das Gespräch von seinem Freund aus dem Institut für Gerichtsmedizin gekommen. Er brachte mir den Zettel mit dem wirklichen Inhalt herüber: Die provisorische Analyse der im Badezimmer vorgefundenen Flüssigkeit. Sie war überraschend. Der Zeuge zeigte keinerlei Interesse, in seinem Gesicht spiegelte sich nichts.

»Sie tragen eine Beinprothese, Herr Lenser?«

Erst jetzt wunderte er sich ein bißchen. »Arbeitsinvalide«, antwortete er.

»Aber sonst sind Sie gesund?«

Er zögerte, etwas nervös fragte er: »Wieso sollte ich nicht gesund sein?«

»Weil Sie Diabetiker sind.«

»Ach so, ja, wenn Sie das meinen ...« Jetzt war er offensichtlich unruhig.

Ich beantwortete seine Frage nicht, sondern fuhr fort: »Und momentan haben Sie zusätzliche Beschwerden. Mit Ihrer Prostata.« (Davon stand natürlich nichts in der Analyse, aber ich wagte die Fangfrage.) »Sie müssen sehr oft dringend hinaus, manchmal im unpassendsten Augenblick, nicht wahr?«

»Wie kommen Sie denn darauf?« fragte er unsicher.

»Stimmt's?«

»Was hat denn das –«

»– mit dem Mord an Frau Tylt zu tun? Das möchten Sie gern hören. Verstehe ich. Sie kommen jetzt mit uns ins Polizeipräsidium, Herr Lenser.«

»Ins Polizeipräsidium? Ich hab Ihnen doch alles gesagt«, seine Stimme war heiser.

»Alles?«

»Alles, was ich weiß.« In seinen Augen lag Furcht.

»Wir wissen nämlich – und das hat meinen Kollegen Becker nur drei Telefongespräche gekostet –, wie hoch die Summe Bargeld ist, in Scheinen, gebündelt, die Sie zum Mord verleitete.«

Er starrte mich mit offenem Mund an. »Ich ... ich ... und Mord?«

»Aus Habgier, ja. Weil Frau Tylt nämlich so überaus leichtsinnig war, Sie 20 000 Mark in bar sehen zu lassen, die sie heute früh erhalten hatte, um damit einen Shiguli zu bezahlen. Die Benachrichtigung fanden wir im Papierkorb. Selbstverständlich hätte Frau Tylt, die wie viele Künstler in Finanzsachen sehr unerfahren war, nur einen Überweisungsscheck auszuschreiben brauchen. Dann lebte sie wahrscheinlich noch.« Lensers Augen suchten nach einem Fluchtweg, aber er mußte einsehen, daß es keinen gab.

»Aber ich habe Sie doch selbst angerufen«, versuchte er verzweifelt sich herauszureden, »ich habe doch –«

»– einen Blankoscheck und zwanzig Mark in bar nicht angerührt. Um das Motiv zu verschleiern. – Kommen Sie, unten wartet unser Wagen.«

1975

Fred Unger

Mord beim Fährhaus

Die Geschichte ist fünf Jahre her. Zwei Frauen waren damals bei der HOG »Altes Fährhaus«, am Fennersee draußen, von einem Sittlichkeitsverbrecher überfallen und getötet worden. Innerhalb einer Woche war das geschehen, nachts. Die eine kehrte von einer Brigadefeier im Fährhaus heim, und die andere hatte in dem Lokal als Kellnerin gearbeitet. Vieles sprach dafür, daß der Täter seine Opfer erst beobachtet hatte, ehe er ihnen gefolgt war. Sehen Sie, das ist der Grund, warum ich mir in den Tagen nach dem zweiten Mord soviel Sorgen um Löckchen machte. Denn Löckchen, die mir auf den ersten Blick gefiel, war gleichfalls im Fährhaus als Serviererin angestellt.

Früher ist das mal ein beliebtes Ausflugslokal gewesen, mit weißen Tischtüchern, kupfernen Lichtschalen und buntkarierten Gardinen. Inzwischen war es ein bißchen heruntergekommen und verschlampt. Eine Kneipe bloß noch. Verräuchert, die nackten Holztische klebrig, die Aschenbecher gewöhnlich randvoll, und mancher Gast auch. Dort sah ich Löckchen das erstemal. In einem kaum handbreiten Mini wehte sie durch den Raum, auf schlanken Beinen – ein kleiner Irrwisch, der mir grad bis zur halben Brusthöhe reichte. Sie hatte goldfarbenes Haar, das sich in Naturlocken kräuselte, vergnügte Augen, eine niedliche Stupsnase, und so ein paar Sommersprossen, mitten auf der Nasenspitze, hatte sie auch.

»Hoppla«, sagte ich, »sind Sie neu hier?«

»Aushilfe«, erwiderte sie, blies sich eine vorwitzige Locke aus der Stirn und lachte. »Was soll's denn sein, junger Mann? Ein Bier?«

Na, ich bestellte eine Pils, und in weniger als einer halben Minute stand es vor mir, gut gezapft. Schon wehte sie wieder davon, mini mini, nahm Bestellungen entgegen, brachte Bier und Bockwurst, leerte die Aschenbecher, kassierte, wischte die Tische blank.

Sie trug eine Bluse mit stoffsparendem Zuschnitt, die viel von ihren hübschen Schultern zeigte, und ich sah, daß ich keineswegs der einzige war, der das sah. Mancher verrenkte sich fast den Hals, wenn sie sich über die Tische beugte, und starrte ihren Beinen nach.

Ich begann mir so meine Gedanken darüber zu machen. Das Fährhaus schließt um Mitternacht, und weil das Gaststättenehepaar und die Küchenmamsell dort auch wohnen, würde Löckchen den Weg durch den dunklen Fennerwald allein heimtippeln müssen.

»Bringt Sie jemand nach Hause?« fragte ich, als sie das nächste Pils vor mich hinstellte.

»Geben Sie sich keine Mühe, Kleiner«, entgegnete sie kühl. »Sie sind nicht mein Typ.«

»Hab ich auch nicht erwartet«, entgegnete ich, ebenfalls ein bißchen ruppig.

»Warum fragen Sie dann?«

»Weil es momentan nicht ratsam für eine Frau ist,

nachts allein durch den Wald zu gehen. Ich möchte nicht, Löckchen, daß Ihnen etwas passiert.«

Ein Schatten war über ihr Gesicht gehuscht. Aber schon lachte sie wieder, und die Sommersprossen auf der Nasenspitze tanzten dazu. »Der Objektleiter sagt, ich brauche keine Angst zu haben. Die Polizeistreifen sind verstärkt worden.«

Na schön, das mochte sein. Auch ich hatte längst bemerkt, daß öfter als sonst Funkwagen in der Gegend des Fennerwaldes entlangpromenierten, und erst gestern war mir ein Mann im Ledermantel aufgefallen, der betont unauffällig auf einer Bank herumsaß und jeden Spaziergänger aus den Augenwinkeln beobachtete. Aber das war bei Tage gewesen, und irgendwann hat auch der tüchtigste Kriminalist einmal Feierabend.

Ich setzte Löckchen das auseinander, und ich fügte hinzu: »Ich wiege 180 Pfund, was nichts besagen muß. Aber mit mir zusammen sind Sie auf jeden Fall sicherer, als wenn sie allein gehen.«

»Nun, mach keine Panik«, sagte Löckchen. »Ich kann ganz gut auf mich allein aufpassen.«

»Mir wär aber lieber, wir täten's zu zweit. Ganz ohne Hintergedanken: ich habe nicht die Absicht, dich deinem Freund auszuspannen, falls es einen gibt.«

»Schaffst du sowieso nicht.« Sie lachte. »Geh lieber ins Bett. Was bist du überhaupt von Beruf?«

»Stukkateur«, sagte ich.

Natürlich stand ich doch draußen, zehn Minuten nach Mitternacht, als im Fährhaus die Lampen verloschen. Ich sah, wie Löckchen herauskam und mit raschen Schritten den Vorplatz überquerte. Zwei Wege führen zur Straßenbahnhaltestelle. Der eine ist die Straße, kopfsteingepflastert, mit unzähligen Windungen und Kurven; etwa alle zweihundert Meter steht im Gebüsch eine trübe funzelnde Gaslaterne.

Der andere ist die Uferpromenade, sehr viel kürzer zwar, aber überhaupt nicht beleuchtet. Löckchen wählte den kürzeren Weg.

Ich folgte ihr im Abstand eines Steinwurfes, so lautlos wie möglich. Der weiche Boden schluckte das Geräusch meiner Schritte. Dennoch mußte Löckchen etwas gehört haben. Sie blieb stehen, lauschte. Auch ich stand reglos. Am Ufer schmatzte das Wasser, es war das einzige Geräusch. Endlich ging Löckchen weiter, und auch ich löste mich wieder aus den Schatten.

Die Dunkelheit hing in den Bäumen, und es war genauso, wie ich befürchtet hatte: Nirgends eine Uniform oder ein Ledermantel. Löckchen wäre ohne meine Begleitung mutterseelenallein durch den Fennerwald gegangen. Erst als wir ihn durchquert hatten und bei der Straßenbahnhaltestelle herauskamen, sah ich in einer Nebenstraße ein Auto parken, der Motor summte leise, Reflexe spielten auf der Antenne, der Beifahrer sprach in ein Mikrofon.

Löckchen blieb bei der Straßenbahnhaltestelle stehen. »Warum gehst du mir nach?«

»Hab ich dir doch erklärt.«

»Troll dich.«

»Gleich«, sagte ich, »sobald du in der Straßenbahn sitzt.«

»Und du?«

»Ich wohne hier«, sagte ich und zeigte auf die Häuserreihe am Rande des Fennerparks.

Mehrere Minuten vergingen, in denen wir schweigend nebeneinander standen, während ein aufkommender Wind unter unsere Mäntel fuhr. Endlich klirrte die Straßenbahn heran. Löckchen stieg ein, sie drehte sich um, legte das Gesicht an die Scheibe. Ich warf ihr eine Kußhand zu. Dann polterte die Straßenbahn in die Nacht; ein gelber Lichtfleck, der kleiner und kleiner wurde.

Am nächsten Tag goß es pausenlos aus einem verhangenen Himmel, die Holzwände des Fährhauses waren schwarz vor Nässe, man hätte den sprichwörtlichen Hund nicht hinausjagen mögen, aber dennoch war das Lokal fast voll. Ich fand noch einen freien Platz beim Tresen, neben einem Muskelprotz, der sich an ein schal gewordenes Bier klammerte. Löckchen wehte durch den Raum, und zwischendurch wehte sie auch einmal bei mir vorbei, sagte leise: »Laß heute den Quatsch, Stukkateur. Ich brauch keine Leibwache. Aber du brauchst deinen Schlaf.«

Schon war sie wieder fort, beugte sich über die Tische, in ihrem so verdammt kurzen und engsitzenden Mini, und der Dicke neben mir grunzte: »Hübsches Kind.«

Seine Hände lagen auf dem Tresen, so richtige Pranken, er hätte ein Pferd damit erwürgen können. Haarbüschel wuchsen ihm auf dem Handrücken, sogar auf den Fingern, und sein Blick war ständig hinter Löckchen her. Überhaupt hatte ich den Dicken, obwohl ich im Fährhaus oft meine Molle trinke, noch nie hier gesehen. Er trug ausgebeulte Hosen, einen verwaschenen Pullover. Die Hosenaufschläge waren naß und schlammbespritzt, die Schuhe völlig verdreckt. Er sah aus, als wäre er damit stundenlang durch den Fennerwald gelaufen. Auch seine Augen mißfielen mir. Eisgrau, von buschigen Brauen bewuchert, irgendwie lauernd. Unvermittelt wurden sie schmal, starrten über meine Schulter. Ich wandte mich um. Der Mann im Ledermantel war hereingekommen. Nässe perlte auf seinem Gesicht, klebte ihm in den Haaren. Er fröstelte.

»Könnte ich wohl«, fragte er den Objektleiter, »einen Kaffee bekommen?«

Der warf einen Blick auf die Uhr. »Jetzt noch? In einer Viertelstunde ist Schluß hier.«

Aber dann schlurfte er doch in die Küche, und ich bot dem Ledermantel eine Zigarette an.

»Danke«, sagte er, »ich rauche nicht.«

»Schwerer Beruf, was? Immer nachts draußen.«

Er gab keine Antwort, lächelte nur unverbindlich, trank seinen Kaffee. Er tat völlig harmlos, aber ich merkte doch, wie er mich von der Seite musterte. Auch den Dicken sah er prüfend an. Der schien plötzlich zu schrumpfen, zog den Kopf zwischen die Schultern.

»Muß mal austreten«, murmelte er. »Wo sind denn hier die Toiletten?«

Er stapfte davon, die Dielen ächzten unter seinem Gewicht. Der Ledermantel sah ihm nach, kaute auf der Unterlippe, sichtlich unschlüssig. Wenig später legte er Geld hin, ließ sich herausgeben, ging ebenfalls. Auch ich mußte zahlen. Löckchen stellte bereits die Stühle auf die Tische, öffnete die Fenster. Der Durchzug bauschte die Gardinen, blies die rauchige Luft aus dem Lokal.

Auf dem Vorplatz pendelte eine trübe Laterne, der Nieselregen trieb durch den Lichterhof. Am Waldeingang hielt ein Funkstreifenwagen. Der Ledermantel stand daneben, sprach mit den Polizisten, nickte dann, blickte auf seine Uhr. Er machte es beiläufig, als ob er nur nach der Zeit gefragt hätte, aber ich dachte sofort: ›Aha, Uhrenvergleich.‹ Er schlenderte davon, in den Wald, und auch der Funkwagen fuhr weiter, seine roten Schlußlichter verloren sich hinter der Kurve.

Alles in allem sah das wesentlich besser als gestern aus, und ich war bereits halb entschlossen, Löckchen heute nicht zu begleiten, als ich plötzlich den Dicken bemerkte.

Er drückte sich hinter einem alten Bootsschuppen herum, halb verschmelzend mit der Dunkelheit, die ihn plötzlich völlig aufsog, denn als ich auf den Bootsschuppen zuging, war der Dicke spurlos verschwunden.

Die Tür des Fährhauses fiel ins Schloß. Löckchen kam über den Vorplatz, mit raschen Schritten. Diesmal entschied sie sich für die Straße. Ich sah ihre hellen, hübschen Beine, und im gleichen Augenblick sah ich auch den Dicken wieder. Er mußte unbemerkt ebenfalls den Vorplatz überquert haben, denn er bewegte sich drüben unter den Bäumen entlang, völlig geräuschlos, in der gleichen Richtung, die auch Löckchen eingeschlagen hatte.

Ich überlegte, ob ich ins Fährhaus laufen und dort Bescheid sagen sollte, aber das hätte wahrscheinlich zuviel Zeit gekostet. Der Regen fiel stärker jetzt, sein Prasseln schluckte fast jedes Geräusch. Ich lief rasch die Straße entlang, hielt mich rechts dabei, auf dem weichen Sommerweg.

Weit vorn hing in den flirrenden, verwehenden Regenschleiern die nächste Laterne, mir schien, als ob sich davor mehrere Silhouetten bewegten. Im gleichen Augenblick hörte ich Löckchens Stimme, rasch und hell, zertrommelt vom Regen. Da stürzte ich los.

Undeutlich sah ich vor mir zwei Schatten, die miteinander rangen. Es war der Ledermantel, der mit dem Dicken kämpfte, aber er hatte gegen dessen enorme Kräfte kaum eine Chance. Er stürzte, der Dicke warf sich über ihn, riß ihm die Arme nach hinten. Da war ich heran. Wie ein Tornado ging ich über dem Dicken nieder, umklammerte ihn, preßte seinen Hals zusammen. Wir rollten auf die Seite. Der Ledermantel kam frei, und im gleichen Moment sah ich auch Löckchen, die gestürzt sein mußte. Sie sprang auf die Füße, hieb dem Ledermantel mit der Handkante ins Genick, packte meinen Arm, schleuderte mich herum, und ehe ich mich versah, landete ich kopfüber im Schlamm.

»Idiot!« fauchte sie.

Sekunden später war alles vorbei.

Zivilisten stürmten aus dem Wald heran, Funkstreifenwagen stoppten, und im Licht der Scheinwerfer sah ich, wie Handschellen um die Arme des Ledermantels schnappten.

Schon beim ersten Verhör gab er die Morde zu. Uhrmacher war er von Beruf, wahrscheinlich ein psychisch kranker Mann. Der Dicke leitete selbst die Vernehmung, er hatte die ausgebeulten Hosen und den Pullover inzwischen gegen einen gutsitzenden Anzug ausgetauscht, und ich erfuhr, daß er Oberleutnant der K war.

Er rieb sich den Hals, der ihm immer noch von meinem Griff schmerzte. »Was haben Sie sich bloß«, raunzte er mich an, »bei dem Quatsch gedacht?«

»Ich wollte Löckchen schützen.«

Er schüttelte den Kopf, blickte hinüber zu Löckchen. Kein Mini mehr. Sie trug jetzt ein graues Kostüm, saß hinter einem Schreibtisch und führte Protokoll. »Aber Sie brauchen doch«, sagte er verständnislos, »Kriminalmeister Kosnow nicht zu schützen –«

»Tut mir leid«, sagte ich und stand auf. »Ich will es auch nie wieder tun.«

»Weißt du«, sagte Kriminalmeister Kosnow und lachte, »du darfst es schon tun, Großer, aber künftig bitte nur, wenn ich dienstfrei hab.«

1978

Tom Wittgen

Maria

Der Märzhimmel war wolkenverhangen, und gegen Abend roch es wieder nach Schnee. In der Satellitenstadt flammten Peitschenlaternen auf. Rechts und links der Straße erhellten Fenster die hintereinander- und querstehenden Häuserfronten, von denen niemand genau weiß, zu welchem Straßenzug sie gehören. Der Volksmund bezeichnet diese Gegend als Betonkastenviertel. Ein Dutzend Bäume und eine Menge Gestrüpp werden der kleine Park genannt. Er trennt die Satellitenstadt vom Zementwerk und der Altstadt von H. und schluckt eine Menge schweren, grauen Zementstaub.

Erich Ostermann rollte mit seinem LKW auf der F 80 stadtwärts und bremste im selben Augenblick, in dem das Mädchen aus dem kleinen Park auf die Straße rannte.

Den Kopf durchs Wagenfenster geschoben, schrie er auf das junge Mädchen ein, das hingefallen, aber schon wieder dabei war, sich aufzurappeln. Ostermann mußte sich erst einmal seinen Schreck aus dem Leibe brüllen, ehe er aussteigen und ihr auf die Beine helfen konnte. Sie schien unverletzt, aber so verstört zu sein, daß sie nicht wahrnahm, was um sie her vorging. Ostermann hatte sich wieder in der Gewalt. Er sprach jetzt ruhig und väterlich zu ihr. Ob sie vielleicht vor jemandem ausgerissen sei oder absichtlich in seinen Wagen laufen wollte, fragte er, und was denn der Grund für das eine oder das andere wäre.

Ihr starrer Blick paßte nicht zu dem jugendfrischen Gesicht, das sie Ostermann langsam entgegenhob.

»Ein Überfall ...«

Er packte sie am Arm. »Kommen Sie, ich fahre zum Krankenhaus und rufe die Polizei an.«

Sie stemmte sich gegen ihn. »Nein, nicht ich«, sagte sie schwunglos. »Im kleinen Park. Ein Mann. Er liegt im Gebüsch.«

Ostermann hielt sie mit beiden Händen an den Schultern. »Nicht schlappmachen, junges Fräulein! Sie müssen mir den Weg zeigen!«

Später, im Polizeiwagen, sagte er zu mir: »Vielleicht hätte ich gleich losfahren sollen, aber ich war nicht ganz sicher, ob sie die Wahrheit sagt. Die hat was an sich ...« Er suchte nach Worten. »Man kommt auf die Idee, sie spinnt einem was vor. Hoffentlich ist sie überhaupt noch da. Versprochen hat sie's.«

Ich fragte, ob er ihren Namen wisse.

»Den Vornamen nur. Maria.«

Am kleinen Park angekommen, ließ unser Fahrer den Wagen im Schrittempo durch den Hauptweg rollen. »Halt!« rief Ostermann.

Ich sprang hinaus. Der Fotograf hielt sich an meiner Seite. Hinter uns bremste ein zweites Auto. Polizeiarzt und Kriminaltechniker holten uns ein. Ostermann bog Gestrüpp auseinander. Auf der Erde lag ein dunkles Bündel. Unsere Techniker hexten Licht herbei, der Fotograf schoß Bilder. Während sich der Arzt mit dem stillen Mann auf dem Erdboden befaßte, sah ich mich nach Maria um. Ein paar Meter entfernt, mit dem Rücken an einen Baum gelehnt, saß ein graziles Persönchen.

»Nichts zu machen«, sagte der Arzt. »Der Schlag auf den Hinterkopf war tödlich.«

»Schlag, womit?« Reine Gewohnheitsfrage. Mehr als »stumpfer Gegenstand« erfährt man selten auf Anhieb. Der Arzt aber erwiderte: »Er ist mit einer Flasche erschlagen worden. Es riecht nach Wodka. Und da sind auch Splitter.«

»Wie angenehm zu wissen, wonach man sucht«, sagte der leitende Kriminaltechniker zu seinen Leuten. »Und wie eine Wodkaflasche aussieht, habt ihr doch in Erinnerung?«

»Wenn er die mal nicht mitgenommen hat«, entgegnete einer.

Ich ging zu dem Mädchen. Sie saß mit angezogenen Beinen wie jemand, der ein bißchen vor sich hin döst. »Maria?«

Sie blickte auf. Im Zeitlupentempo.

»Ich bin Leutnant Lewandowski. Ich möchte mich mit Ihnen unterhalten.« Ihr abweisender Blick blieb an mir hängen. »Na, geben Sie mir erst mal Ihren Ausweis.«

Mit trägen Bewegungen zog sie ihn aus einer kleinen Umhängetasche. Sie hieß Maria Koehler, war achtzehn und ein halbes Jahr alt und seit zwei Monaten in dieser Stadt gemeldet. Unsere Techniker, die nach Glasscherben und der zerbrochenen Flasche suchten, rückten die Scheinwerfer weiter. Das Licht erfaßte Maria. Sie sprang auf, wollte schreien und kriegte keinen Laut heraus, stand mit angstvollen Augen, den Mund geöffnet.

»Wer ist denn das?« Der Arzt, mit einer Decke über dem Arm, lief auf uns zu.

»Sie hat ihn gefunden«, sagte ich und fügte leise hinzu: »Zumindest das.«

»Sie hat's nicht verkraftet.« Der Arzt hängte ihr die Decke über und trug sie zum Wagen.

Ich sagte den Kriminaltechnikern, wir bräuchten den Flaschenhals. Vor allem wegen der Fingerabdrücke.

»Klar«, entgegnete der Leiter gereizt, »wir finden Ihnen auch noch den Täter, falls er hier rumliegt.«

Der Arzt packte Maria in den Wagenfond und sagte zu mir, ehe ich einsteigen konnte: »Wie ich Sie kenne, weichen Sie doch nicht von ihrer Seite, bis Sie erfahren haben, was Sie wissen möchten.«

Er kannte mich gut; zumindest wollte ich mehr über sie erfahren, als daß sie durch den Park gelaufen war und einen toten Mann gefunden hatte. Er holte Tabletten aus seiner Tasche. »Eine, sobald Sie mit ihr zu Hause angekommen sind. Lassen Sie sie schlafen. Lassen Sie ihr Zeit und Ruhe.«

Ich versprach's und fuhr los. Ihr Ausweis steckte noch in meiner Manteltasche. Die Adresse hatte ich mir gemerkt. Es war der vierte Aufgang eines Wohnblocks im Betonkastenviertel, achte Etage.

»Wohnen Sie allein?« fragte ich.

Eine Weile blieb es still hinter mir, dann sagte sie abwesend: »Nein. Ich kenne ihn nicht, und ich weiß überhaupt nichts.«

»Schon gut. Ich wollte nur wissen, ob Sie allein leben.«

»Nein«, sagte sie wieder, und nach einer Weile: »Ja«, und als wir ins Haus gingen: »In der zweiten Etage wohnt Tante Hilde.«

»Ich hab gedacht, mit einem jungen Mädchen kommt bissel Schwung ins Leben. Aber nein, meine Nichte hockt seit acht Wochen nur rum, oben in ihrer Wohnung oder bei mir. Keine Freundin, keinen Freund. Sie kommt von der Arbeit, liest ein Buch oder liegt auf der Couch. Einfach so. Starrt zur Decke.«

»Und an den Wochenenden?« fragte ich.

»Dasselbe. Das heißt, an den kurzen nur, wenn sie samstags in die Verkaufsstelle muß. An den langen, wo noch ein freier Freitag oder Montag für sie rausspringt, da fährt sie ›nach Hause‹, wie sie sagt, und meint damit ihre Kuhbläke, wo sie nicht einen Verwandten mehr hat.«

Die Kuhbläke hieß Grünwinkel, ein idyllisches Dorf im Erzgebirge. Vor drei Jahren hatte ich ein Privatquartier erwischt und meinen Urlaub dort verbracht. Nach H. zurückgekehrt, brauchte ich eine gute Weile, um mich wieder einzuleben. Für Maria gab es kein Wiedereinleben. Sie kannte nur ihr blühendes, waldiges Grünwinkel und war eines Morgens in einer eintönigen Betonwelt erwacht, grau und staubig.

Maria kannte ihre Mutter nicht und den Vater nur flüchtig. Frau Koehler starb nach der Entbindung. Herr Koehler ging auf Montage. Von Baustelle zu Baustelle. Ihm gefiel dieses Leben. Und Maria gefiel es bei der Großmutter in Grünwinkel. Wenn der Vater zu Besuch kam, wurde gefeiert im ganzen Dorf.

Die Großmutter starb. Es war die Vatermutter gewesen. Ihre Kinder, Marias Vater und dessen Schwester Hilde, berieten, was nun werden sollte.

»Deine Tochter ist achtzehn«, sagte Tante Hilde, »da kommt der Mensch alleine zurecht.«

»Ich werde die Gelegenheit nutzen und sie aus diesem Nest rausholen«, meinte der Vater. »Das heißt, wenn sie will. Wir könnten das Häuschen zum Tausch anbieten. Gegen eine Wohnung in der Stadt. Gegen was Modernes mit Heizung und Bad. Ich möchte nicht, daß meine Tochter ein Landei bleibt.«

An welche Stadt er denke, fragte seine Schwester. Er war unentschlossen.

»Zieht nach H.«, riet sie ihm, »dann ist Maria nicht so oft allein. Du wirst dich ebenso selten in H. sehen lassen wie in jeder anderen Stadt oder wie bislang in Grünwinkel.«

Er war einverstanden, und Maria war auch einverstanden. Nach dem Tod der Großmutter kam ihr das Haus leer und seltsam fremd vor. Die Trauer saß so breit in ihr, daß kein Platz war für Bedenken, ob das Leben in H. erstrebenswert sein konnte. Als eine Wohnung gefunden war, ging Maria einfach fort. Und sie war noch nicht heimisch geworden, als ihr der Tod begegnete. Nicht der leise, selbstverständliche, der die Großmutter hatte einschlafen lassen, sondern der brutale, sinnlose Tod, den Menschen manchmal über Menschen bringen.

Mir war ein wenig bange um Maria.

Hinter dem kleinen Park, dort, wo die Altstadt beginnt, befindet sich eine Konsumverkaufsstelle: Spirituosen, Tabak, Genußmittel. Frau Hilde Abel leitet das Geschäft und hatte ihre Nichte mit hineingebracht. Er ist ein übersichtlicher Selbstbedienungskonsum. Zumeist saß Frau Abel an der Kasse, und Maria packte Ware aus, füllte die Regale, hatte ein Auge auf die Kundschaft. Nun war im kleinen Park, keine hundert Meter von diesem Spirituosengeschäft entfernt, ein Mann mit einer Wodkaflasche erschlagen worden. Ich fragte Hilde Abel, ob sie sich an Kunden erinnere, die, besonders nach dem Feierabend, Wodka gekauft hatten.

Sie nannte und beschrieb mir Stammkunden, und ich notierte. Laufkundschaft hatte sie kaum beachtet.

»Saßen Sie die ganze Zeit über an der Kasse?« fragte ich.

»Ja. Das heißt, bis achtzehn Uhr dreißig. Dann war der Ansturm vorüber, und ich ließ Maria die letzten Kunden abkassieren. – Warten Sie mal! Mir fällt was ein! Da kam einer, bei dem hatte ich das Gefühl, der läßt lieber 'ne Flasche unterm Mantel verschwinden, statt sie in den Korb zu stellen. Druckst im Laden rum, kann sich scheinbar nicht entschließen, wartet bloß auf 'ne günstige Sekunde. Im Laufe der Zeit entwickelt man einen Blick für solche Typen.«

»Und? Hat er was gekauft?«

»Eine Flasche Serschin-Wodka.«

»Bezahlt?«

»Bezahlt. Hat gespürt, daß ich ihn beobachte.«

»Wie sah er denn aus?«

»Danach fragen Sie mal meine Nichte. Ich hab nur seinen Rücken gesehen und mich für die Handbewegungen interessiert.«

»War er groß?«

Sie überlegte. »Wenn er einen Kräuterlikör von da oben runterlangen kann, muß er groß gewesen sein.«

»Ich denke, er hat Serschin-Wodka gekauft?«

»Den Likör hat er wieder zurückgestellt. Ins oberste Regal. Mühelos.«

»Erinnern Sie sich an seine Haarfarbe? Oder trug er eine Kopfbedeckung?«

»Trug er nicht. Allerweltshaar, würde ich sagen. Nicht hell, nicht dunkel. Nackenlang und glatt.«

»Das ist doch schon 'ne ganze Menge«, sagte ich. »Bitte, kommen Sie morgen früh zu uns. Mein Kollege wird nach Ihren Angaben ein Bild von diesem Mann zeichnen.«

»Aber nur Rückenansicht. Mehr habe ich wirklich nicht zu bieten.«

»Vielleicht erkennt ihn trotzdem jemand, oder Ihre Nichte erinnert sich an sein Gesicht. Übrigens, falls Sie heute nacht wach und unruhg wird, geben Sie ihr noch eine von diesen Tabletten. Warum sind Sie denn nach Feierabend nicht mit nach Hause gegangen?«

Ihr Blick schätzte ab, ob ich auch darauf eine offenherzige Antwort verdiente. »Weil ich nicht gerne von der Arbeit weg so schnurstracks nach Hause laufe. Ich guck lieber erst mal in die ›Gute Laune‹ rein. Aber das Mädel ist doch zu so was nicht zu bewegen!«

Maria dekorierte das Schaufenster, rückte Weinflaschen vor blühende Forsythienzweige, legte Pralinenschachteln auf bunte Deckchen.

»Die wird noch eine Gärtnerei aus dem Konsum machen«, sagte eine Frau neben mir. »Aber irgendwie ist die Verkaufsstelle ansprechender geworden, seit sie da ist.«

Ich ging durch die Tür. An der Kasse saß Hilde Abel und nickte mir zu. Maria bemerkte mich auch dann noch nicht, als ich hinter ihr stand. »Guten Tag, Maria.«

Sie sah sich nach mir um. »Guten Tag«, erwiderte sie. Ihre Augen waren klar, die Stimme fest. Sie zupfte eine Blume aus einem Strauß Märzenbecher und hielt sie mir hin. »Weil Sie mich gestern abend nach Hause gebracht haben.«

Ihr Lächeln war ohne Koketterie. Ein Kind, das dem Onkel Dankeschön sagt. Um ungestört mit ihr sprechen zu können, wollte ich sie ins Hinterzimmer bitten, da weissagte jemand: »Der wird sie sowieso gleich verhaften.«

Maria hatte nichts gehört. Ich schaute mir den Propheten an. Gut gekleidet, korpulent, Augen, die nach Sensation gierten. Einer im blauen Overall meinte skeptisch: »Ist doch alles bloß Vermutung. Wer weiß, ob sie das ist.«

»Wir sollten seine Frau holen«, sagte ein anderer.

In der Verkaufsstelle drängte sich bemerkenswert viel Kundschaft, vor allem Arbeiter der nahe gelegenen Zementfabrik, in der auch Werner Opitz, der Mann, der im kleinen Park mit einer Wodkaflasche erschlagen worden war, gearbeitet hatte.

Hilde Abel bat mich mit einem Augenzwinkern an die Kasse.

»Augenblick mal«, sagte ich zu Maria, doch die schmückte schon wieder das Schaufenster.

»Hier ist so 'n dummes Gerede im Gange«, flüsterte Frau Abel. »Von wegen Maria wäre die Freundin von Opitz gewesen.« – »War sie's?«

»Hab ich Ihnen gestern abend nicht erzählt, wie sie lebt?«

»Kam Opitz zu Ihnen einkaufen?«

»Stammkunde für Zigaretten.«

»Ich gehe jetzt mit dem Mädel nach hinten und rede mit ihr.«

Frau Abel nickte.

Maria sagte, sie habe schon eine brauchbare Idee für die Osterdekoration, und schob mich durch den dicken Vorhang in einen engen Raum, in dem man sich die Hände waschen, mit einem Tauchsieder Kaffeewasser kochen und zu zweit an einem Tisch sitzen konnte. Auf der Tischmitte stand ein Telefon. Schwarz, alt, mit hoher Gabel. Wenn man sich nicht anschrie, blieb im Raum, was gesprochen wurde.

»Maria, ich muß alles wissen, was gestern abend geschehen ist, nachdem Sie die Verkaufsstelle verlassen haben.«

»Ich wollte nach Hause gehen«, sagte sie. »Im Park lag ein Mann vor mir. Ich bin zur Straße gelaufen, um Hilfe zu holen.«

Die Lüge kam ihr über die Lippen wie eine unbedeutende Nebensächlichkeit. Ich korrigierte sie in derselben Tonart. »Er lag nicht vor Ihnen, sondern abseits vom Weg im Gebüsch. Und Sie sind auf die Straße gelaufen, als hätten Sie's eilig gehabt, unters nächste Auto zu kommen.«

Sie wurde nicht einmal verlegen. »Richtig. Ich hörte ein Geräusch. Es klang wie ein Stöhnen. Da bin ich hin.«

»Kannten Sie den Mann, der da gelegen hat?«

»Nein.«

»Er arbeitete aber nebenan im Zementwerk und kaufte täglich Zigaretten bei Ihnen.«

»Soo?« sagte sie. »Ich habe ihn nicht erkannt. Es war wohl zu dunkel.«

»Als wir kamen, war der Mann tot«, sagte ich jetzt mit strengem Ton. »Als Sie ihn fanden, stöhnte er noch. Demnach war er eben niedergeschlagen worden. War jemand bei ihm? Lief jemand davon?«

»Nein.«

»Sie müßten irgend jemanden gehört oder gesehen haben.«

»Nein.« Sie dehnte das Wort, schloß die Lippen und verkniff die Mundwinkel.

»Der Mann ist mit einer Wodkaflasche erschlagen worden. Bis jetzt sind Sie die einzige, die uns ein paar Anhaltspunkte geben kann. Maria, Sie wissen einiges, obwohl Sie's lieber nicht wissen möchten. Sie wären vor Schreck beinahe in ein Auto gelaufen. Was hat Sie denn so in Panik versetzt?«

Sie schwieg. Eine Weile sagte ich auch nichts, beobachtete sie nur. Ihr Blick war ausdruckslos geworden. Sie schien mir zu den Menschen zu gehören, die entsetzliche Dinge verdrängen, einfach ignorieren können. Oder müssen. Um nicht daran kaputtzugehen.

Auf dem Tisch zwischen uns klingelte das Telefon. Wir blickten uns beide an, und jeder erwartete vom anderen, daß er den Hörer abnahm. Schließlich sagte ich: »Es ist Ihr Telefon in Ihrer Verkaufsstelle.«

Sie nahm ab. »Ja?« Und mit einem Blick zu mir: »Heißen Sie Lewandowski?«

Ich griff nach dem Hörer. Hauptmann Brottke, Leiter der Morduntersuchungskommission! Mit leiser, scharfer Stimme befahl er: »Kommen Sie sofort zur Dienststelle mit diesem Mädchen!«

Davon hielt ich nichts, falls keine zwingenden Gründe vorlagen, und das deutete ich ihm an.

»Frau Opitz behauptet, ihr Mann habe eine Freundin gehabt. Ein ganz junges Ding. Sie kennt sie. Eben wollte sie zur Konsumverkaufsstelle. Kollegen ihres Mannes meinen, die junge Verkäuferin dort sei mit dieser Freundin identisch. – Merken Sie eigentlich, daß es um Sie herum ziemlich stürmisch zugeht? Die Kollegen von Opitz sind aufgebracht, in der Altstadt kursieren Gerüchte, und Frau Opitz kann jeden Augenblick die Nerven verlieren.«

»Zur Zeit«, entgegnete ich, »sitze ich im Zentrum des Orkans, dort, wo Ruhe ist.«

Ich legte auf. Draußen keifte Hilde Abel, das sei eine Konsumverkaufsstelle und kein Affentheater, wer nichts kaufen möchte, habe sofort zu verschwinden. Ich bat Maria, sich etwas überzuziehen und mitzukommen. Sie nahm einen leichten Mantel vom Haken, ich half ihr hinein, sie dankte. Wir betraten den Verkaufsraum. Noch immer standen eine Menge Leute herum. Einige waren im Begriff gewesen hinauszugehen, zögerten, kamen zurück. Jemand sagte: »Na klar, isse das. Er hat immer von 'ner Blonden gesprochen.«

Ich packte den ersten, der uns im Weg stand, am Jackett und schob ihn unsanft beiseite. »Kriminalpolizei. Machen Sie Platz! Bißchen plötzlich, wenn ich bitten darf.«

»Sieht schon aus wie 'n Flittchen«, sagte eine Frau.

»Das wäre nich 's Schlimmste. Aber jemanden umzubringen ...«

»Erst hatse gesoffen mit ihm, dann die Flasche übern Schädel ...«

Bevor wir zur Tür kamen, war der Weg wieder verstopft.

»Raus hier!« brüllte ich.

Draußen fuhr der Streifenwagen vor. Ich packte

wieder einen, stieß ihn durch die Tür, den Streifenpolizisten in die Arme, zeigte auf diesen und jenen und sagte: »Personalien überprüfen! Behindern der Kriminalpolizei bei der Arbeit!«

Langsam wichen sie zurück. Die Polizisten schnappten sich einige und ließen sich die Ausweise zeigen. Ehe ich die Wagentür hinter Maria zuschlagen konnte, hörte ich: »Mörderin!«

»So was nehmen die noch in Schutz!«

Ich fuhr los. Maria saß neben mir und weinte.

»Ich muß Sie zur Dienststelle bringen«, sagte ich. »Wir fahren einen kleinen Umweg. So klein oder groß, wie ich's gerade noch verantworten kann. Und das ist Ihre Chance, mir die Wahrheit zu sagen. Denn wenn Sie dort so rumschwindeln wie eben, wird es für Sie unerfreulicher als nötig. – Haben Sie ihn getötet?«

»Nein.« Sie putzte sich die Nase, schluchzte noch ein paarmal und wurde ruhig.

»Waren Sie seine Freundin?«

»Nein.«

»Wenn Sie jetzt einfach tun könnten, was Sie wollten, was würden Sie machen?«

»Nach Hause fahren«, sagte sie ganz selbstverständlich.

»Haben Sie einen Freund dort?«

»Nicht, wie Sie das meinen. Aber alle, mit denen ich gern zusammen bin, sind in Grünwinkel und Hinterdorf und Waldenhain. Dort war's immer zum Wohlfühlen. Eben wie zu Hause.«

»Aber hier fühlen Sie sich fremd und einsam, kommen mit sich und den Menschen nicht zurecht und sehnen sich nach Grünwinkel. Niemand hilft Ihnen oder versteht Sie. Am allerwenigsten Tante Hilde. Und dann kam dieser Mann. Mit ihm konnten Sie sprechen. Er hörte zu. Er war zärtlich. Bei ihm fühlten Sie sich ein bißchen zu Hause. Vielleicht wußten Sie anfangs nicht, daß er verheiratet war – und als Sie's erfuhren, war's zu spät.«

»Ich glaube nicht, daß er verheiratet ist«, sagte sie nachdenklich, »er trug keinen Ring.«

»Seit wann kennen Sie ihn?«

»Seit drei Wochen ungefähr. Er hat mir das Leben gerettet.«

Ich drehte noch eine Runde. Mochte mein Hauptmann ungeduldig werden wie ein Hochzeiter, der auf die Braut wartet. Hier im Wagen war das Mädchen in der Stimmung zu sprechen. Ein Szenenwechsel, nüchterne Diensträume, Kriminalisten, die ihr fremd waren, konnten sie einschüchtern.

»Was ist denn damals passiert?«

»Ich war ein bißchen in Gedanken und noch nicht an die vielen Autos gewöhnt, plötzlich war eins ganz dicht ran. Ich wollte vorspringen, und wenn ich's getan hätte ...«

»Sie haben's also nicht getan«, forschte ich.

»Er hat mich zurückgerissen.« Und nach einer Weile leise: »Er war überhaupt sehr nett. Er hat mein Haar gestreichelt und mit mir gesprochen. Über die Stadt und über Grünwinkel, über das Waldsterben, über Filme und Tiere.«

»Sind Sie in ein Lokal gegangen?«

»Nein. Nur so rumgelaufen. Durch den kleinen Park und ein Stück durch die Altstadt.«

»Dann haben Sie sich mit ihm verabredet und sich ab und zu mit ihm getroffen.«

Sie schüttelte den Kopf. »Manchmal habe ich ihn in der Verkaufsstelle gesehen. Immer hat er irgendwas Nettes zu mir gesagt, auch, daß wir wieder mal spazierengehen sollten.« Sie weinte wieder.

»Maria, vielleicht werden Sie jetzt unschöne Dinge zu hören kriegen. Machen Sie sich nichts daraus. Bleiben Sie ruhig und ohne Angst. Auch wenn Sie das Gefühl haben, man glaubt Ihnen nicht. Ich weiß, daß Sie mir die Wahrheit gesagt haben, und verstehe jetzt, daß Sie gestern so fertig waren, als Sie ihn im Park liegen sahen.«

Ich fuhr schnurstracks zur Dienststelle. Maria wandte sich zu mir um. Ich bremste schon, als sie sagte: »Den Mann im Park kenne ich nicht. Sie haben mich nach jemandem gefragt, der nett war zu mir, und von dem habe ich Ihnen erzählt.«

Ich ließ Maria im Warteraum und ging zu Hauptmann Brottke.

»Die Leute vom KI haben den Flaschenhals gefunden«, sagte er. »Mit Fingerabdrücken darauf. Wir müssen von Fräulein Koehler die Abdrücke nehmen.«

Natürlich mußten wir das. Um auszuschließen, daß ihre Finger den Flaschenhals berührt hatten. Oder um festzustellen, daß sie ihn gegriffen hatte. Ein Schuldbeweis war das noch lange nicht.

»Inzwischen steht fest, daß es eine Flasche Serschin-Wodka gewesen ist, mit der Opitz erschlagen wurde«, sprach Brottke weiter. »Die Fahndung nach dem Kunden, der gestern im Eckkonsum kurz vor Feierabend Serschin-Wodka gekauft hat und ein bißchen unangenehm auffiel, läuft.« Brottke zuckte die Schultern, wie jemand, der ungern Dinge tut, die nichts bringen, und doch nicht darum herumkommt. »Wir fahnden nach allen, von denen wir wissen oder auch nur vermuten, daß sie gestern eine Flasche Serschin-Wodka in der Tasche hatten.« Ein kleiner Seufzer, dann: »Vielleicht haben wir ganz einfach Glück. Soll ja vorkommen.«

Das Telefon klingelte. Die Gegenüberstellung von Maria Koehler und Frau Opitz war vorbereitet. Das Gesicht der Frau zeigte Spuren einer schlaflosen, durchweinten Nacht. Sie war groß, kräftig, trug einen grobgestrickten Pullover und bemühte sich, ruhig zu wirken. ich bat sie, nur zu nicken, falls sie in einem der Mädchen die Freundin ihres Mannes erkenne, und uns außerhalb des Raumes zu sagen, welche es gewesen sei. Wir hatten Maria zwischen drei weibliche Mitarbeiter von uns gestellt. Frau Opitz ging mit niedergeschlagenem Blick, hob ihn erst, als sie vor den Mädchen stand. In ihren Augen war Kälte und Verbitterung. Sie nickte, und wir gingen wieder hinaus mit ihr. Draußen sagte sie: »Die zweite von links.«

Die zweite von links war Maria gewesen.

Ein Kriminaltechniker kam mit Maria Koehler den Flur entlang. Sie schritt langsam und teilnahmslos, sah weder mich noch den Hauptmann oder Frau Opitz an. Mein Kollege von der Technik war ungeduldig, weil sie nicht Schritt hielt mit ihm. In Brottkes Zimmer klingelte wieder das Telefon. Schnell zog er die Tür hinter sich zu, und ich blieb stehen, zwischen dieser Tür und Frau Opitz, befallen von Wundergläubigkeit: Vielleicht hatte einer der gestrigen Wodka-Kunden bei seiner Überprüfung gestanden ...

In meinem Zimmer bat ich Frau Opitz, Platz zu nehmen. Mich trieb es, umherzugehen.

»Sie haben sie also wiedererkannt«, sagte ich. »Wie oft haben Sie sie denn gesehen?«

»Einmal.« Ihre Stimme war tief, ein wenig rauh, paßte zu ihrer Erscheinung. Auch zu dem blassen, flächigen Gesicht mit den leicht aufgeworfenen Lippen.

»Wann sind Sie ihr begegnet?«

»Vor zehn Tagen.«

»Und wo?«

»In meiner Wohnung.«

»Ihr Mann hatte sie mitgebracht?«

Ich kenne Ehemänner, die der Frau einfach ihre Freundin vorstellen, bin nur noch nicht dahintergekommen, wen von den Beteiligten das besonders glücklich macht.

»Er hat sie angerufen und sie wissen lassen, daß ich weggefahren bin. Für mehrere Tage. Sie ist zu ihm gegangen. Am späten Abend noch. Er lag schon im Bett und las Zeitung.«

Das war ihre Version. Oder die, die ihr Mann zum besten gegeben hatte. Wahrscheinlicher war, daß er das Mädchen am Telefon überredet und gebeten hatte, die Nacht in seiner Wohnung zu verbringen. Der Unterschied wog nicht allzu schwer.

»Sie kamen früher als erwartet?«

»Ja. Ich muß kurz nach dem Mädchen gekommen sein. Im Korridor hing ihr Mantel. Außer einem Nachtlämpchen im Schlafzimmer brannte nirgends Licht in der Wohnung. Mein Mann stürzte aus dem Schlafzimmer, hängte sich den Morgenrock über und zog mich in die Küche. Er beschwor mich, es sei ihm bisher noch nie in den Sinn gekommen, mich zu betrügen. Er habe die Kleine erst kürzlich kennengelernt, und es sei nichts gewesen zwischen ihnen. An jenem Abend auch nicht. – Ich war dazwischengekommen, noch bevor sie mit beiden Beinen in sein Bett gestiegen war!«

»Sie sagten, Sie haben das Mädchen gesehen.«

»Ja. Mein Mann und ich sprachen in der Küche miteinander. Ich weinte, verzweifelt über seine Bereitschaft, mich zu hintergehen. Wir hörten sie aus dem Schlafzimmer kommen und im Korridor den Mantel überziehen. Mein Mann war völlig hilflos und verwirrt. Über meine Tränen, über das, was er da angerichtet hatte. Er brachte es nicht fertig, etwas Vernünftiges zu tun, zum Beispiel, sie einfach gehen zu lassen. Er zog sie unter die Küchentür und sagte zu mir: ›Sieh sie dir an! Sie ist nicht schlecht. Sie ist wirklich nicht schlecht. Und ich bin es auch nicht.‹«

»Haben Sie mit ihr gesprochen?«

»Ich habe ihr ein Zeichen gegeben, daß sie verschwinden möge! Ich fühlte mich gedemütigt vor ihr, und mein Mann muß von Sinnen gewesen sein, zu verlangen, daß ich sie noch begutachte.«

»Hatte sie im Korridor Licht angedreht?«

Sie schüttelte den Kopf.

»Frau Opitz, Sie konnten das Mädchen nicht wiedererkennen.«

Sie blickte mir in die Augen. »Und doch muß sie es gewesen sein. Alle im Zementwerk wissen, daß sich mein Mann mit der Verkäuferin der Konsumverkaufsstelle getroffen hat.«

»Einige glauben das zu wissen, und wir werden herausfinden, ob es einen einzigen gibt, der es beweisen kann. In jener Verkaufsstelle habe ich heute erlebt, wie Gerüchte entstehen. Jemand sagte: Die Kleine sieht aus wie die Freundin von Opitz. Eine Verdrehung, böswillig oder klatschsüchtig, oder einfach ein Mißverständnis, das in anderer Situation belanglos geblieben wäre. Doch da ist ein Mord geschehen, sinnlos, grausam, und das Mädchen ist als erste auf den Leichnam gestoßen. Die Kriminalpolizei beschäftigt sich mit ihr. Und nun erhält die Bemerkung, sie sei die Freundin des Ermordeten gewesen, eine ungeheure Tragweite, einen ganz vertrackten Sinn.«

Sie schwieg. Nichts ließ erkennen, daß sie bereit war, über meine Worte nachzudenken. Ich fragte: »Wie haben Sie seit jenem Abend mit Ihrem Mann weitergelebt?«

»Er bemühte sich um mich, aber ich war zu tief verletzt, um das alles als ungeschehen betrachten zu können. Ich hätte einfach noch etwas Zeit gebraucht, um drüber wegzukommen. Aber da ...« Sie schluckte und wandte sich ab.

»Gestern, als er getötet wurde, war Lohntag«, sagte ich. Geld hatte er keines bei sich. Raubmord nennen wir das. Hatte er Feinde? Stand er in jemandes Schuld, oder hatte er Geld verborgt, das er zurückforderte?«

»Nein«, sagte sie. »Auf alle Fragen nein. Ich wüßte das. Wir haben wirklich gut miteinander gelebt, bis das mit dem Mädchen passierte. Er hat mir versprochen, Schluß zu machen. Kein Ausgehen, kein Treffen, kein Wiedersehen. Sie verlor ihn. Aber nicht, ohne sich dagegen zu wehren. Vielleicht ist es im Streit geschehen. Das Geld kann sie genommen haben, um Raubmord vorzutäuschen. Skrupellos genug ist sie ja.«

»Hat Ihr Mann manchmal Wodka gekauft?«

Sie antwortete nicht direkt. »Vielleicht hat er es gestern getan. Nur, daß er nicht bis nach Hause gekommen ist damit.«

Ich entließ sie. Auch Maria hatte man inzwischen nach Hause geschickt. Die Fahndung im Mordfall Opitz lief auf Hochtouren. Am Nachmittag rief mich der Chef in sein Zimmer.

»Eben«, sagte er, »hat das Kriminalistische Institut angerufen. Die Fingerabdrücke auf dem Flaschenhals sind mit denen von Fräulein Maria Koehler identisch.«

Ich fuhr wieder ins Betonkastenviertel. Maria sah durch mich hindurch, als sie mir die Tür öffnete. Es war kurz nach 19.00 Uhr. Sie setzte sich in einen kleinen, bequemen Sessel und nahm keinerlei Notiz von mir. Sie hörte die »Melodie in Stereo«. Durch einen Lampenschirm aus dickem rotem Stoff sickerte Schummerlicht. Ich knipste die Deckenbeleuchtung an und sagte: »Damit wir auch schön sehen, was wir denken«, und wünschte ihr einen guten Abend.

Sie dankte mir nicht, sie lächelte nicht, sie tat überhaupt nichts, saß nur da und hörte »Melodie in Stereo«. – Falls sie überhaupt etwas hörte. Ich drehte das Radio aus. Sie reagierte noch immer nicht. Ich setzte mich auf eine Ecke ihrer Schlafcouch und wünschte in dieser Stunde nicht Kriminalist, sondern Arzt zu sein. Vielleicht hätte ich dann mehr mit ihr anzufangen gewußt.

»Maria, warum haben Sie mich belogen?«

Sie wandte mir ihr Gesicht zu.

»Wachen Sie auf, Mädchen! Ahnen Sie denn nicht einmal, in was für eine Sache Sie sich da hineinlügen? Von wegen, neben der Leiche lag keine zerbrochene Flasche! Von wegen, Sie kannten Herrn Opitz nicht. Er war Kunde bei Ihnen. Seine Frau behauptet, Sie seien seine Freundin gewesen, und auf der Flasche, mit der er erschlagen wurde, sind Ihre Fingerabdrücke. Begreifen Sie nicht, was das für Sie bedeutet?«

»Diese Frau lügt«, erwiderte sie ruhig.

»Na, sagen wir, sie irrt sich. Dann wären wir wenigstens in einem Punkt einer Meinung. Und jetzt erzählen Sie mir, wie sie an diese Flasche gekommen sind.«

»Es war keine Flasche. Nur ein Scherben. Er lag auf dem Weg.«

»Auf dem Sie durch den kleinen Park in Richtung Straße liefen?«

»Ja.«

Plötzlich war ich ganz dicht dran. Gleich hatte ich's, wenn ich keinen Fehler machte. »Sie sahen also zuerst auf dem Weg den Scherben und dann im Gebüsch den Mann liegen?«

»Ja«, sagte sie und wandte ihr Gesicht wieder ab von mir.

Wieso läuft jemand ins Gebüsch und findet einen Toten, wenn auf dem Weg ein Flaschenhals liegt? Nein, der hatte nicht da gelegen! Der war geworfen worden. Der kam aus dem Gebüsch geflogen und landete dicht vor ihr, und sie war dahin gelaufen, wo sie jemanden stöhnen hörte. Sie sah einen Mann am Boden liegen und einen, der davonlief. Und den kannte sie.

Es mußte jener Mann gewesen sein, der sie vor dem Auto zurückgerissen, sie gestreichelt, sich Zeit genommen hatte, ihr zuzuhören und mit ihr zu sprechen. Über Grünwinkel, über die Stadt, das Waldsterben, über Tiere. Für kurze Zeit war er ein Stück Heimat für sie geworden – dann hatte sie ihn als Totschläger erlebt. Sie verdrängte, was sie an jenem Abend gesehen hatte.

Mit einem Male war alles – nein, noch nicht klar, aber erklärlich. Der Schock, ihr seltsames Verhalten, wenn jemand an die Begebenheit des Mordabends rührte. Auch ihre relative Gleichgültigkeit, als Opitz' Freundin oder gar als seine Mörderin verrufen zu werden. Sie wollte nicht den Mann schützen, der Opitz getötet hatte, sondern ihr Trugbild von ihm. Was blieb, wenn ich es ihr zerstörte?

»Als Sie entdeckt hatten, was geschehen war, sind Sie auf den Weg zurückgelaufen und haben den Flaschenhals aufgehoben. Und weiter?«

»Ich bin losgerannt, um Hilfe zu holen. Den Scherben habe ich unterwegs weggeworfen.«

»Wo ungefähr?«

»Ich weiß nicht.«

»Haben Sie ihn nach rechts oder links vom Weg geworfen?«

Zögern. Ernsthaftes Nachdenken, dann: »Nach links.«

Das stimmte. Ich hatte mir die Stelle, wo er gefunden worden war, auf der Karte zeigen lassen. »Warum haben Sie dieses Stück Glas nicht einfach liegenlassen, wo es lag?«

Sie schwieg.

»Maria«, sagte ich, »wir müssen den Mann finden.«

Dann schwiegen wir beide.

Irgendwann nickte sie ein wenig und sagte: »Ich weiß.«

»Erzählen Sie mir, wie er aussieht. Ganz genau.«

Sie sprach schleppend, aber sie sprach. »Er ist groß«, sagte sie, »groß und kräftig. Wie die Holzfäller bei uns. Seine Hände sind rissig. Er trägt eine braune Lederjacke. Die ist auch rissig. Die gleiche Farbe wie die Jacke hat sein Haar. Ganz glatt nach hinten gekämmt ist es und reibt sich am Jackenkragen.«

Ich drückte ihr die Zeichnung in die Hand, die nach den Angaben ihrer Tante von dem auffälligen Wodka-Kunden gefertigt worden war. »Ist er das?«

»Ja«, sagte sie, »von hinten. Wie komisch. Haben Sie das gemalt?«

Ich erklärte ihr, wie es zustande gekommen war, und bat sie am folgenden Tag zu uns, damit wir mit ihrer Hilfe das Gesicht des Mannes sichtbar machen konnten. Ich beschrieb ihr auch das Verfahren, und es schien sie einigermaßen zu interessieren.

»Sie können sein Gesicht doch beschreiben?«

»Er sieht gut aus«, sagte sie. »ich meine, wie ein guter Mensch sieht er aus.«

»Das sollten Sie mir genauer erklären.«

»Sein Gesicht war vielleicht ein bißchen zu lang. Nein, nicht das ganze Gesicht. Nur das Kinn. Die Lippen sind dick. Den Mund hält er ein wenig geöffnet, und es sieht aus, als staune er immerzu über irgend etwas. Er hat graue Augen. Helle graue Augen mit vielen Fältchen in den Winkeln. Und wenn er will, kann er mit den Augen lachen. Seine Nase ist schmal und hat einen kleinen Höcker. Er sagte, er hätte da mal eins draufgekriegt. Aber er hat mir nicht erzählt, von wem.«

»Trägt er einen Bart?«

»Keinen Bart.«

»Morgen früh um acht Uhr«, sagte ich, »hole ich

Sie mit dem Wagen ab. Ich bringe Sie zu meinem Kollegen, der das Bild anfertigt. Sie haben eine gute Beobachtungsgabe.«

Ihr Gesicht verdüsterte sich. »Und wenn Sie das Bild haben, finden sie ihn.«

»Unsere Chancen, ihn zu finden, sind dann größer.«

Sie stand auf und schaltete das Radio ein. Der Nachrichtensprecher sagte, die Sowjetunion sei zu weiteren Abrüstungsverhandlungen bereit. Sie drehte wieder aus, setzte sich in ihren kleinen Sessel und sah durch mich hindurch.

»Maria«, sagte ich, »er war in dieser Stadt nur der erste Mensch, bei dem Sie das Gefühl hatten, geborgen und ein bißchen zu Hause zu sein. Hören Sie! Der erste, nicht der einzige!«

»Ja, natürlich«, erwiderte sie gleichgültig. »Sie haben recht.«

Es klang, als hätte sie gesagt: Ach, lassen Sie mich doch in Ruhe.

Am folgenden Morgen stand sie um 8.00 Uhr schon vor der Haustür, blaß, müde aussehend, mit dunklen Ringen unter den Augen. Aber ihre Stimme klang frisch, und sie lächelte, als sie zu mir in den Wagen stieg. Ich lieferte sie im KI ab, und zwei Stunden später rief mich mein Kollege an. »Sie war großartig«, sagte er, »wir haben ein brauchbares Identifikationsbild von dem Burschen.«

Ich atmete auf. »Na prima. Ich hole sie ab und fahre sie rüber in die Altstadt zum Konsum.«

»Sie sagt aber, sie möchte zu Fuß gehen. Vielleicht tut ihr das ganz gut. War ziemlich anstrengend.«

»Kann ich sie mal sprechen?«

Er gab ihr den Hörer, und sie sagte: »Ja?«

»Ich höre, Sie verschmähen meine Begleitung?«

Sie lachte. »Seien Sie bloß nicht beleidigt. Wird

schon wieder mal klappen. Ich möchte mir die Beine ein bißchen vertreten nach einer so langen Sitzung.«

Ich drang nicht weiter darauf, Kavalier zu spielen, hatte ohnehin genug Arbeit. »Also gut«, sagte ich, »dann komme ich gelegentlich vorbei, Zigaretten kaufen. Auf Wiedersehen, Maria. Und vielen Dank.«

»Leben Sie wohl«, sagte sie und legte auf.

Fünfzehn Minuten später wurde uns ein Verkehrsunfall gemeldet. Auf der F 80, in Höhe des kleinen Parks, war ein junges Mädchen von einem PKW überfahren worden. Augenzeugen berichteten, sie sei direkt in das Auto hineingelaufen. Es habe einen dumpfen Knall gegeben, dann sei sie hochgeschleudert worden und auf dem Bordstein aufgeprallt. Sie starb auf dem Weg ins Krankenhaus. Der Polizist, der ihre Personalien festgestellt hatte, sagte, sie heiße Maria Koehler.

Unfall? Selbstmord? Nutzte es noch jemandem, das herauszufinden? Vorläufig tat ich das, was Maria eine Zeitlang praktiziert hatte: Ich verdrängte das Ereignis. Wir suchten mit Hilfe des Bildes, das sie uns entworfen hatte, den Mörder von Opitz. Und schließlich wurde er aufgegriffen.

Anfangs leugnete er. Wir zeigten ihm ein Foto von Maria. Er wußte nichts von ihrem Tod, glaubte, sie würde ihm gegenübergestellt und ihn identifizieren. Er sah keine Chance für sich und gestand.

Lange Zeit hatte er nichts vom Arbeiten gehalten, mit einemmal wurde es schwierig, Arbeit zu finden. Er riß sich aber auch kein Bein aus danach, strolchte in der Republik umher, schlief bei Kumpels und bei Frauen. Nach H. verschlagen, erinnerte er sich an das Zementwerk und die Gehaltstage dort. Im kleinen Park begegnete er Opitz. Dessen Namen hatte er vergessen, doch vom Ansehen kannte er ihn noch. Er bat ihn um Geld. Opitz lehnte ab. Der andere handelte. Wenigstens fünfzig Mark. Rückzahlung demnächst. Ehrenwort. Opitz konnte sich wohl kaum noch an ihn erinnern und sah keinen Anlaß dafür, fünfzig Mark zu verschenken.

Der Mann, der um Geld bat, hatte getrunken. Serschin-Wodka. Die Flasche war erst zur Hälfte geleert. Er bot Opitz einen Schluck an. Der lehnte auch das ab. Feiner Kumpel, meinte der andere gereizt, und langsam kroch die Wut in ihm hoch. Sie gaben sich böse Worte, achteten dabei nicht auf den Weg und waren in einer Sackgasse mitten im Gebüsch gelandet. Opitz wandte sich um und wollte zum Weg zurück. Der andere schlug zu. Der Wodka, der noch in der Flasche war, verstärkte den Schlag erheblich. Ein kraftvoller Schlag war es ohnehin gewesen.

Er habe Opitz nicht töten wollen, beteuerte er.

Er hatte ihn getötet.

Vielleicht hatte auch Maria nicht sterben wollen. Vielleicht hatte sie gehofft, es gäbe noch jemanden, der sie zurückriß.

1985

Jan Flieger

Der sanfte Stoß

Köberlein hörte die Schreie des Bussards, der hoch über dem gewaltigen Felsenfinger flog. Zu dessen Spitze kletterten er und Thönert hinauf. Köberlein schwang den Kletterhammer, um den nächsten Haken einzuschlagen. Ein grimmiges Lächeln huschte über sein Gesicht. Näher und näher kamen sie dem Gipfel. Von hoch oben, gleichsam von der Fingerkuppe, würde er Thönert in die Tiefe stürzen. Nur sanft würde der Stoß sein, wie mit dem Zeigefinger, und dennoch würde Thönert das Gleichgewicht verlieren.

Und das Leben.

Der perfekte, nie nachweisbare Mord.

Weiter, dachte Köberlein, eng an den Felsen gepreßt, an der steilen Wand einen Halt suchend. Als Nachsteiger hatte ihn Thönert mit dem Seil zu sichern. Das Seil kam unter Thönerts Achsel hervor, um mit dem Körper ein Kreuz zu bilden. So konnte es Thönert bei einem eventuellen Sturz Köberleins nicht entrissen werden.

Köberlein zog sich ein Stückchen weiter nach oben, als seine Finger einen schmalen Riß im Felsen ertasteten, der Halt bot. Der Haß auf Thönert durchflutete ihn immer wieder, und seine Hand preßte sich dann um den Griff des Hammers.

Dieser verfluchte Thönert! Nach fünfzehn Jahren Freundschaft ein solcher Verrat!

Köberlein war nicht gewillt, ein Risiko einzugehen. Doch es gab kein Risiko! Er preßte die Lippen fester aufeinander. Aber vielleicht wäre er sogar ein Risiko eingegangen, denn Thönert war eine Gefahr für seine, von ihm geschaffene, Köberleinsche Welt aus Familie und Besitz, die er für unzerstörbar gehalten hatte. Auf einmal schien diese eherne Ordnung durch einen Mann gefährdet, von dem er, wie er jetzt befürchten mußte, schon über Jahre hinweg betrogen worden war. Nach fünfzehn Jahren Freundschaft ein solcher Verrat. Von einem Kollegen seines Werkes waren beide zusammen gesehen worden: Thönert und Renate. In einem ernsten Gespräch. Wie oft mochten sie gelacht haben über ihn, den Arglosen, den gehörnten Köberlein? Wie oft hatte sie behauptet, bei einer Freundin gewesen zu sein!

Köberlein drückte die Zähne auf die Unterlippe. Alles haßte er an Thönert, die übertriebene Lässigkeit seiner Bewegungen, die darauf abzielten, Eindruck zu erwecken, die Haltung, in der er im Sessel saß, ein Bein über das andere geschlagen und erzählend. Er haßte die blaßgrauen Augen, die – das war ihm erst jetzt bewußt geworden – Renate oft gefolgt waren in den letzten Wochen. Nachdenklich hatte Thönert dabei ausgesehen.

Köberlein haßte den rauchenden Thönert, wie er alle haßte, die dem Nikotin verfallen waren. Nur Renate war eine Ausnahme, an ihr flutete sein Haß vorbei wie ein Strom um eine kleine Insel. Thönert weckte ihre Lust auf das Nikotin immer aufs neue, und er weckte ihren Widerspruch, wenn er, Köberlein, ihr das Rauchen verbieten wollte.

Dieser selbstgefällige Thönert, er wußte nichts von seinem Haß. Den Vorschlag für den Aufstieg hatte er sofort angenommen. Was diesem Thönert fehlte, war Klugheit. Reden konnte er, nur reden. Viele in diesem Land können nur noch reden, dachte Köberlein, aber nichts Richtiges mehr zustande bringen. Ein Kapitalist würde einen Ingenieur Thönert, der nicht schöpferisch wirken konnte und keine Patente schuf, auf die Straße werfen. Er jedenfalls, Köberlein, war klüger – das hatte er Renate bewiesen, denn als Verkäufer für Möbel verdiente er dreimal soviel wie dieser Ingenieur. Man mußte nur Bedarf zu nutzen verstehen. Wer etwas wünschte, was schwer zu bekommen war, zahlte doch gern mehr als den Betrag auf dem Preisschild. Und an den Verkäufer natürlich. Wer der Klügere war, das würde sich auch auf dem Gipfel erweisen, wenn er seinen Besitz, Renate, für sich bewahrte.

Sie gehörte ihm dann wieder allein, und das für immer – denn ein weiteres Verhältnis mit einem anderen, das wußte er, würde er zu verhindern wissen.

Das Für und Wider der Tat hatte er lange erwogen. Renate ganz und gar von ihm zu trennen, das schaffte Thönert gewiß nicht, denn sie liebte das Geld, und bei einer Scheidung wäre der beträchtliche Erlös aus seiner Erbschaft bei ihm, Andreas Köberlein, allein verblieben. Nur bei seinem Tod erbte sie das Geld, nur dann. Renate würde das bedacht haben, sie war den Luxus gewöhnt. Und auch das Devisenkonto, eingerichtet von seiner Tante, gehörte ihr nur als Witwe, das stand in seinem Testament.

Sie kannte es.

Und doch war der Zweifel gekommen, ein Gedanke voller Argwohn: Wenn Thönert Renate und damit doch einen Teil des gemeinsamen Geldes gewann, falls ihm das durch Erpressung gelingen würde? Wenn nämlich Renate ihm seine Geschäftspraktiken beim Möbelhandel verraten hatte?

Dieser Zweifel war es gewesen, der den Ausschlag gegeben hatte. Und der Haß auf Thönert und auf alle Männer, die skrupellos andere hörnten. Es war kein Mord, was er plante, nein, nur Bestrafung. Nichts anderes!

Köberlein nahm wahr, daß Thönert zu ihm nach oben sah. Dieses Gesicht, dachte er, verrät die Anstrengung des Aufstiegs nicht. Seine Kondition ist erstaunlich, und gewiß wird er im Bett auch besser sein als ich. Wie selten schläft Renate noch mit mir und auch nur dann, wenn der Alkohol ihre Sinne benebelt.

Thönert trägt die Schuld!

»Hast du etwas gesagt?« fragte Thönert, zu ihm hinaufblickend.

Köberlein schüttelte den Kopf. »Nein«, antwortete er mit heiserer Stimme. Diese Falte, die Thönerts Stirn teilte? Sie war auch dagewesen, wenn er Renate nachgeblickt hatte in den letzten Wochen. Köberlein ertastete mit seinem rechten Fuß einen Gesteinsknorpel, der ihm Halt bieten würde, dann konnte er den nächsten Haken einschlagen.

Der zweite Schlag traf den Fels. Ich darf nicht nervös werden, dachte er.

Noch vier Meter!

Thönert ahnte nichts.

Renate wird nie wissen, daß ich hinter das Geheimnis gekommen bin.

Für alle, die uns kennen und die man wohl befragen wird nach Thönerts Tod, ist er mein Freund. Mein Freund seit fünfzehn Jahren.

Es gibt kein Motiv.

Es gibt keine Zeugen.

Meine Tat wird nicht beweisbar sein.

Ein Verdacht allein genügt nie.

Man müßte mir meine Tat beweisen. Das wird nie gelingen.

Wieder die Schreie des Bussards.

Einem Bussard gleich, schoß es Köberlein durch den Kopf, werde ich mich auf Thönert stürzen, überraschend, ohne Warnung. Meine zwei Finger werden der Schnabel sein.

Gab es nicht Unfälle genug beim Bergsteigen? Gefahren – auch die Kriminalisten würden das wissen – entstanden durch Gewitter, Nebel, Schnee, Eis, durch die unbekannte Beschaffenheit des Gesteins. Auf all das hatte der Kletterer keinen Einfluß, ob er alle Klettertechniken beherrschte oder nicht, ob er ein Meister war in der Rißtechnik oder in der Kamintechnik, in der Wand- oder in der Reibungstechnik. Jeder machte mal einen Fehler und mancher einen tödlichen. Auch durch Leichtsinn ...

Verbissen kämpfte sich Köberlein weiter. Wie glatt war der Fels! Wie kalt.

Dies war kein besonders guter Tag und auch kein besonders schlechter.

Warte nur, Thönert, das heimliche Lachen über mich wird dir vergehen. Bedauerlich, dein Schreck wird nur kurz sein, er wird nur die Sekunden des Sturzes währen, ehe du aufschlägst tief unten. Du wirst nicht einmal begreifen, daß mir niemand etwas anhaben kann. Ich habe vor allen weiter den liebenden Ehemann gespielt und dich mit meiner Freundschaft umgarnt. Einst war es eine ehrliche Freundschaft.

Keiner weiß von meinem Motiv.

Selbst Renate wird nichts ahnen.

Und wenn sie etwas ahnt, wird sie schweigen.

Aus Schuldgefühl.

Und aus Sorge um das, was sie besitzt.

Alles besitzt sie durch mich.

Das verändert die Waage zu meinen Gunsten,

auch wenn ich nicht so aussehe wie Thönert, wenn sich mein Haar schon lichtet, wenn ich klein und gedrungen bin. Aber ich bin klüger.

Sie weiß das alles zu schätzen, denn sonst hätte sie mich verlassen. Und ich kann meine Gedanken verbergen.

Auch meinen Haß.

Ich bin anders als Thönert.

Ein kleiner Stoß, wenn wir oben stehen, ganz leicht, wird seinen Tod bewirken.

Köberlein warf einen Blick auf die Uhr. Wieder vernahm er die Schreie des Bussards. Doch der Raubvogel war ein Gefährte, der ihn nicht verraten würde.

Der Anflug eines höhnischen Lächelns lag auf Köberleins Gesicht, als er wieder hinabsah. Thönerts Augen wirkten dunkel, als wenn sie sich beim Aufstieg verfärbt hätten. So meinte er sie noch nie gesehen zu haben. Rasch wandte er den Blick wieder nach oben.

Thönert sichert mich mit dem Seil, dachte er, damit ich ihn dann hinabstürzen kann.

Köberlein ertastete mit der Rechten die zerklüftete Platform des Gipfels.

Dann zog er sich hinauf.

Thönert folgte ihm.

Sie entledigten sich der Seile, setzten sich auf den kalten Fels und aßen das belegte Brot, das Renate für sie beide mitgegeben hatte.

Sie schwiegen.

Es ist die Henkersmahlzeit, dachte Köberlein.

»Gut«, sagte Thönert endlich und stand auf. Ging einen Schritt. Dann standen sie beide, vielleicht einen Meter voneinander entfernt, tief atmend. Köberlein genoß nicht den Blick, der sich ihm wie so oft nach den Mühen des Aufstiegs bot.

»Ich muß mit dir reden«, sagte Thönert leise. Er sah

mit gerunzelter Stirn in die Ferne, zu den anderen Gipfeln hin, von denen nur wenige höher waren, als dieser.

Eiseskälte flutete durch Köberleins Körper.

Blickte Thönert aus einem Augenwinkel zu ihm hin?

»Ich wollte es dir schon seit längerer Zeit sagen«, brach Thönert erneut das Schweigen. »ich war mir nur nicht so sicher. Du mußt es aber wissen.«

Er will alles gestehen, dachte Köberlein. Auf dem Gipfel!

Jäh ahnte er die Gefahr, in der er selber schwebte. Thönerts Blicke beim Aufstieg.

Ehe der andere etwas tat, mußte er selbst handeln! Solange Thönert sprach, würde er nicht angreifen.

»Deine Frau hat ein Verhältnis mit ...«

Mehr konnte Thönert nicht offenbaren, denn er spürte im Rücken einen sanften Stoß, der dennoch genügte, daß er sein Gleichgewicht verlor und mit wild rudernden Armen kopfüber in die Leere stürzte. Er schrie nicht einmal, ehe er aufschlug.

Köberlein stand wie benommen. Der abgebrochene Satz klang ihm wie ein Echo in den Ohren. Noch immer hielt er die Hand ausgestreckt, die Thönerts Rücken berührt hatte.

Nur langsam begriff er.

1989

Hannes Elmen (?) Pseudonym eines Autors, der vermutlich im Pressewesen der DDR tätig war. Elmens erste Arbeit »polizeifunk meldet ... mordfall lemke aufgeklärt ...« erschien 1949 als Band 1 der Heftromanreihe »Geschichten, die das Leben schrieb«. Die Reihe wurde im Auftrag des Zentralvorstandes der SED, Abteilung Massenagitation, von Peter Kast (eigtl. Carl Preissner) als »agitatorische Kolportageserie« im Phönix-Verlag herausgegeben. Im gleichen Jahr veröffentlichte Elmen in der Eisenbahnerzeitung »Fahrt frei« den Tatsachenbericht »Der Mörderklub ›Weiße Krawatte‹« und die Kriminalnovelle »Was geschah im D 121?« Die Erzählung um den Mordfall Lemke, in der die Klarnamen der Täter genannt sind, ist im Juni 1949, also noch vor dem Prozeß, der erst im September 1949 in Eberswalde stattfand, veröffentlicht worden. Das führte zu einem geharnischten Protest des Generalstaatsanwaltes im Land Brandenburg bei der Deutschen Zentralverwaltung für Justiz. Der Autor und damit die Kolportageserie gerieten unter Kritik. Elmen, der mit seinen Arbeiten zum Vater der Kriminalliteratur in der DDR wurde, ist nie wieder als Autor in Erscheinung getreten. Der Herausgeber Kast erhielt vom Zentralvorstand der SED, Abt. Agitation (Leiter Hermann Axen) im Frühjahr 1950 die Kündigung.

Fritz Erpenbeck (1897–1975) Schlosser, später Schauspieler; ab 1929 Journalist und Redakteur mehrerer linker Zeitungen (u.a. »Roter Pfeffer«, »Magazin für alle«, »Arbeiter-Illustrierte-Zeitung«). 1933 Emigration nach Prag, 1935 in die UdSSR. 1945 Rückehr nach Berlin. Redakteur und Chefredakteur »Theater der Zeit«, »Vorwärts«, »Volkszeitung«. 1959 Chefdramaturg an der Berliner Volksbühne, dann freier Autor. Veröffentlichte ab 1964 eine Serie von Kriminalromanen und -erzählungen um Hauptmann Peter Brückner, den Chef einer Berliner MUK (u.a. »Künstlerpension Boulanka«, »Tödliche Bilanz«, »Der Tote auf dem Thron«, »Rätselhaftes Tatmotiv«)

Jan Flieger (1941) Ingenieur-Ökonom, Pressesprecher der Telekom in Leipzig, Veröffentlichte mehrere Kriminalromane (u. a. »Tatort Teufelsauge«, »Der Sog«, »Im Höllenfeuer stirbt man langsam«) und Storys.

Wolfgang Neuhaus (1929–1966) Wurde noch 1945 zur Wehrmacht eingezogen, desertierte. Ab 1945 Arbeit im Bergbau. Begann 1949 nebenberuflich für Zeitungen und den Dokumentarfilm zu schreiben, dann freier Autor. Ab 1963 mehrere Kriminalerzählungen, die als Heftromane (u. a. »Automatendiebe«, »Schatten an der Tür«, »Nachtbar ›Blaue Adria‹«) verlegt wurden.

Günter Prodöhl (1920–1988) Industriekaufmann, von 1949 bis 1954 als Reporter in Berlin für »Nachtexpress«, »BZ an Abend«, »Wochenpost«, »Neues Deutschland« tätig, dann freier Autor. Begann mit einer Serie von Kriminalgeschichten in der Unterhaltungszeitschrift »Das Magazin«, die er zum Teil als Drehbücher für die TV-Serie »Blaulicht« (DFF ab 1960) verarbeitete. 1958 entstand in Zusammenarbeit mit Rudolf Hirsch der Kriminalroman »Der todsichere Tip«, dann wandte Prodöhl sich einer sechs Bände umfassenden Serie internationaler »Kriminalfälle ohne Beispiel« zu.

Hans Siebe (1919) Landwirt, Buchhändler, Inhaber einer Leihbücherei, Fernfahrer beim Güterkraftverkehr Berlin. Schrieb zunächst nebenberuflich Satiren, Reportagen, Kurzgeschichten, Hörspiele, ab 1970 freier Autor. Veröffentlichte neben mehreren Kriminal- und Spionageromanen (u. a. »Nahtlose Strümpfe«, »Kunsträuber«, »Unternehmen Heidschnucke«, »Mord war nicht geplant«) über 60 Erzählungen im Heftromanbereich, darunter die Serie um den Hauptwachtmeister/Kriminalmeister Schmidt.

Fred Unger (1933) eigtl. Peter Vogel. Hafenarbeiter, später auf einer Obstplantage tätig, danach Studium der Rechtswissenschaften, Jurist in Leipzig. Veröffentlichte 1959 »Die Nacht, in der ich starb«, dem vier weitere im Spionagemilieu angesiedelte Romane (»Die Puppen des Dr. Eckloff«, »Der scharlachrote Domino«, »Das Phantom mit der Maske«, und »Das verbotete Zimmer«) folgten. In den 70er Jahren mehrere Drehbücher für die TV-Reihe »Polizeiruf 110«.

Tom Wittgen (1932) eigtl. Ingeburg Siebenstädt, benutzte auch die Pseudonyme Alexander Andreew und Siegfried Burg. Studium der Germanistik, Redakteurin beim Rundfunk, dann Verlagslektorin. Ab 1970 freie Autorin. Veröffentlichte 1967 ihre erste Erzählung »Der Überfall«, danach in rascher Folge mehrere Kriminalromane um VP-Hauptmann Simosch oder den in der BRD agierenden Privatdetektiv Eiserbeck. Beide Protagonisten wurden nach der Wende weitergeführt. Zahlreiche Erzählungen im Heftromanbereich. Galt als produktivste Krimiautorin, deshalb auch der Beiname »Agatha Christie der DDR«.

Quellenverzeichnis

HANNES ELMEN: »... polizeifunk meldet ... mordfall lemke aufgekärt ...«, 1949 Phönix Verlag und Druckerei Berlin-Treptow, »Geschichten, die das Leben schrieb«, Heft 1

GÜNTER PRODÖHL: »Solange die Spur warm ist«, in »Das Magazin« Nr. 12/1956.

WOLFGANG NEUHAUS: »Die Raritäten des Herrn Zaprock«, 1965 Verlag DAS NEUE BERLIN, »Blaulicht« Nr. 55.

HANS SIEBE: »Funktaxi 1734«, 1974 Verlag NEUES LEBEN BERLIN, »Das neue Abenteuer«, Nr. 332.

FRITZ ERPENBECK: »Der Mörder ging aus und ein«, in »Das Magazin« Nr. 7/1975.

FRED UNGER: »Mord beim Fährhaus«, in »Das Magazin« Nr. 12/1978.

TOM WITTGEN: »Maria«, in »Schatten in Grün«, 1985 Verlag DAS NEUE BERLIN.

JAN FLIEGER: »Der sanfte Stoß«, in »Das Magazin« Nr. 9/1989.